秘密の愛し子と永遠の約束

スーザン・メイアー 作
飛川あゆみ 訳

ハーレクイン・イマージュ

東京・ロンドン・トロント・パリ・ニューヨーク・アムステルダム
ハンブルク・ストックホルム・ミラノ・シドニー・マドリッド・ワルシャワ
ブダペスト・リオデジャネイロ・ルクセンブルク・フリブール・ムンバイ

THE TYCOON'S SECRET DAUGHTER

by Susan Meier

Published by Harlequin Japan,
a Division of K.K. HarperCollins Japan, 2024

スーザン・メイアー

　ペンシルベニア生まれ。夫と３人の子供とともに、今もそこに暮らす。販売員や弁護士秘書、地方新聞のコラムニストなどさまざまな職業を経て、現在は執筆に専念。大家族の中で育った経験や、職場でいろいろな人々と出会ったことが作品を書くうえで大いに役立っていると語る。

主要登場人物

ケイト・ハンター・モンゴメリー……建設会社社員。
マックス・モンゴメリー……ケイトの元夫。不動産開発会社社長。
トリシャ・ハンター……ケイトとマックスの娘。
ベヴ・ハンター……ケイトの母親。
デニス・ハンター……ケイトの父親。
グウェン・モンゴメリー……マックスの母親。
ブランドン・モンゴメリー……マックスの亡父。
チャンス・モンゴメリー……マックスの異母弟。
アネット……マックスの秘書。
ミセス・ジェントリー……マックスの家の家政婦。

1

エレベーターを降りて病院のロビーに踏み出したマックス・モンゴメリーは、コーヒーショップから出てきた女性をなにげなく見てから、もう一度見直した。その女性が別れた妻にそっくりだったからだ。ケイトのように小柄で、肩につく長さの漆黒の髪は動くたびに軽やかに揺れる。小花模様のブラウスとブルージーンズは、彼女のお気に入りの組み合わせだ。ケイトに間違いない。

そう考えてから、マックスはかぶりを振った。どうかしているぞ。ケイトは八年前にこのペンシルヴェニアのパイン・ウォードを去ったんじゃないか。それ以来、一度も会っていない。その後、弁護士を通じて離婚を申し入れてきた。彼女の実家宛に手紙を送っても返事はこなかった。僕の知る限り、里帰りもしていない。あの女性がケイトのわけがない。

マックスは自動ドアに向かった。だが、そのすぐ手前で、好奇心から振り向かずにはいられなかった。

さっきの女性は今、こちらに背を向け、彼が降りてきたエレベーターの前に立っている。

ざわめきが体を貫いた。ケイトに対してだけ感じるざわめきが。そのおかげで、彼女が五メートル以内に近づけば必ずわかる。いつどんなときも。

ケイトに違いない。この体のざわめきが証明している。

マックスは彼女に向かって慎重に数歩進み、立ちどまった。たとえケイトだとしても、彼女が僕に会いたがるわけがない。いったいなんて言うんだ？結婚生活をだいなしにしてしまってすまなかった、だがもう酒はやめたとでも？

もしもケイトでなかったら、人違いだったとあやまればすむことだ。どちらにせよ、あやまればいい。

マックスは息を吸いこみ、二人の距離を縮めて、彼女の肩を軽くたたいた。

彼女が振り返った。

マックスの心臓は一瞬とまり、それから早鐘を打ちだした。振り返ったのはケイトだった。

初めてケイトに会った日に思いが飛んだ。あれは友人宅で開かれたプールパーティでのことだ。彼女は瞳の色と同じグリーンのビキニを着ていた。だが、心を奪われたのは外見ではなく、その人柄だった。やさしく、朗らかで、ものおじしない。ちょっと世間話をしただけで、彼女以外の女性など目に入らなくなった。その彼女が今、ここにいる。

胸の鼓動が乱れ、膝から力が抜けていく。

しかし、ケイトの顔に浮かんだ純粋な驚きはすぐに、恐怖としか言いようのない表情に変わった。

「マックス！」

感情がこみあげ、喉につかえた。ケイトと過ごした日々が脳裏によみがえる。プールパーティで明け方まで話しこんだこと。初めてのキス。最初に愛を交わした夜。二人の結婚式。

そのいとおしい日々を、酒のせいで失ったのだ。

マックスは喉のつかえをのみこんだ。「ケイト」

ケイトは手に持ったコーヒーを示した。「私……これを母のところへ持っていかないといけないの」

不安がよぎり、心臓が引っくり返りそうになった。

「お母さんがここに？　どこか悪いのかい？」

「いえ、母は元気よ」ケイトはそわそわとあたりを見まわした。「父が心臓発作を起こしたの」

どちらにしてもよくない知らせだ。「お気の毒に」

「深刻な発作ではなかったのよ」ケイトはまた視線を泳がせた。「順調に回復しているわ」そして無理にほほえんだ。「もう行かなくちゃ」

マックスにとってこれまでの人生で最悪の瞬間だった。八年前なら、こんな悲劇が起これば、ケイトは真っ先に僕を頼っただろう。それなのに今、僕のそばにいることにさえ耐えられないようすだ。そんな彼女を責めることはできない。だが、僕は変わったのだ。七年間、ＡＡ――問題飲酒者の集いに参加し、今では酒を断っている。そして、自分が失ったものに気づいた。

　エレベーターの到着を知らせる機械音がし、マックスはとっさにケイトの腕をつかんで引きとめた。その瞬間、電流が体を震わせた。

　二人の目が合った。マックスの胸は悲しみにふさがれた。ああ、どんなに彼女を愛していたことか。

　ケイトが唾をのんだ。「本当にもう――」

「ああ、わかっている。数分でいいんだ」

　病院の職員がエレベーターから降りてくるのと入れ違いに、待っていた人たちが乗りこんでいく。

　ケイトは落ち着きなく周囲に目を向けた。

痛みが胸を刺した。僕と一緒にいるところを人に見られたくないのだ。以前、何度も彼女に恥をかかせたことが思い出され、いつもの良心の呵責《かしゃく》が胸を締めつけた。

　だが、あれはもう八年前のことだ。

　今の僕はあのころとは違う。

　マックスはケイトを連れてエレベーターから離れた。「僕が後悔していることを君に伝えたい」

　ケイトは今や、さっきまでとは違う目でしげしげと彼を見ている。「しらふなのね」

　マックスはようやくほほえんだ。七年間は長かった。その間、ずっとこのひと言を言いたかったのだ。

「ああ、しらふだ」

　ケイトの口調がやわらいだ。「うれしいわ」

　胸を締めつけていた痛みが薄れ、呼吸が楽になった。「僕もだよ」

気まずい沈黙が流れた。

ケイトはもう一度、手に持ったコーヒーを軽く掲げてみせた。「冷めないうちに母のところへ持っていかなくちゃ」

痛みが胸から全身に広がった。かつて彼女は僕のものだった。彼女は僕を愛し、僕も彼女を愛した。彼女は僕のすべてだった。なのに、僕は彼女を追いつめ、自分のもとから去らせたのだ。

過去を振り返るな。未来に目を向けろ。

マックスは道をあけた。「ああ、悪かった」

もう一台のエレベーターが到着した。なめらかにドアが開く。ケイトが向きを変え、乗りこもうとしたとき、小さな女の子が飛び出してきた。

「ママ！　お祖母《ばあ》ちゃんにママをさがしてきなさいって言われたの」

ママ？

すでに力が入らなくなっていた膝が、がくがくしはじめた。女の子の髪はケイトと同じ漆黒だが、ブルーの瞳は……モンゴメリー家の特徴そのものだ。

胸の痛みは衝撃に形を変えた。この子が僕の子供だということはありうるのか？　僕の娘だということは？「この子は？」

ケイトの視線がすばやくマックスに向けられた。片手がかばうように女の子の肩に置かれる。「トリシャよ」

マックスの体は硬直した。「パトリシアの愛称だね」僕の大好きだった祖母の名だ。僕の子でないのに、僕の祖母にちなんで名づけたりするわけがない。

ケイトが弱々しくほほえんだ。目には涙がたまっている。「ええ」その声は消え入りそうだった。

なんてことだ。僕には子供がいた。娘が。ケイトはずっと僕に隠していたのか。

マックスはもう一度少女を見た。苦悩と驚嘆と好奇心が同時にわきあがった。たまらなく少女に触れたかった。感触を確かめたかった。こんなに美しい子供が自分の娘だということを実感したかった。

　しかし、その切望を怒りが押しとどめた。次に混乱がわき起こり、二つの感情をのみこんだ。この子のためにケイトは僕から去ったのか？　妊娠していたから？　子供のことを僕に知られたくなかったから？

　燃えるようなすさまじい怒りがこみあげてきたが、ありがたいことに良識はマックスを見放さなかった。なにも知らない子供を前にして、この子は僕の娘なのかとケイトに問いただすことなどできなかった。

　ケイトは娘を抱きあげて逃げ出したかった。マックスが怖かったからではない。しらふのときの彼は非の打ちどころのない好人物だった。そして今、彼はしらふだ。でも、酔っ払っているときは？　暴力をふるうことはないけれど、わめき散らし、皿を投げつけ、窓を割る。彼がテレビをたたき壊し、花瓶を暖炉に投げつけた夜、妊娠したことを告げずに家を出ようと決心したのだ。生まれてくる子供をあの凄惨な世界に巻きこみたくなかったから。

　ケイトは唾をのみこみ、エレベーターを身ぶりで示した。「行かなくちゃ」

　マックスは無言で娘に視線をそそいでから、ケイトのほうに向き直った。「わかった」

　彼の瞳に怒りが燃えているのを見て取り、ケイトはトリシャをエレベーターに追いたてた。ドアが音をたてて閉まった。罪悪感が胸に広がるのを感じながら、目を閉じ、そっと息を吐き出す。彼がアルコールを断ってどれくらいになるのかはわからない。両親はモンゴメリー家のような上流階級とのつながりはないし、パイン・ウォードから遠く離れた今は彼の噂《うわさ》が耳に入ってくることもない。

　私が家を出たあと、彼が飲酒をやめていたら？

娘を彼から遠ざけたのがまったくのむだだったら？

「さっきの人、だれ？」

ケイトは目を開け、娘を見おろした。あなたの父親だと話すには、時も場所もふさわしくない。それに、近いうちにその機会が訪れるだろう。

エレベーターのドアが開いた。「さあ、お祖母ちゃんがコーヒーを待ってるわ」

娘の世界がもうすぐ引っくり返ってしまうことを思いながら、ケイトは父親の病室へ向かった。父は目を覚ましていた。

「お父さん」ケイトは身をかがめ、父親の頬にキスをした。「起きていると知っていたら、お父さんのコーヒーも買ったのに」

母親のベヴ・ハンターが仕切りのカーテンの陰から現れた。背丈はケイトと同じくらいで、茶色の髪をこざっぱりとしたショートカットにしている。

「お医者様の許可が出るまでコーヒーは禁止よ」

父親がケイトに向かって目をくるりと動かしてみせてから、妻にほほえみかけた。「はいはい、刑務所長様」そう言う声はまだ不明瞭だ。

ケイトは震える手でコーヒーを母に渡した。

「ありがとう」ベヴはカップの蓋を開け、ひと口飲んだ。「なかなか戻ってこないから、迷子にでもなっているのかと心配したわ」

「ママは男の人とお話ししてたの」トリシャが言った。

ベヴがいたずらっぽく眉を動かした。「まあ、ほんと？」

「会いたくなかった人だとだけ言っておくわ」ケイトはトリシャを顎で示した。「そのことは今は話せないの」

母は眉をひそめたが、すぐにだれだかわかったらしく、目を見開いた。

「振り返ったら目の前にいたの。でも考えてみたら、七月は〈モンゴメリー開発〉の年に一度の健康診断があるのよ。忘れるなんてどうかしていたわ」

　母がうめいた。「それじゃ、彼はこの病院にいて、トリシャを見たのね」

　ケイトは父親のベッドテーブルから紙コップを取りあげ、娘に渡した。「これを洗面所にあるごみ箱に捨ててきてくれる？　そのあと手を洗ってね」

　トリシャは行儀のいい七歳の子らしくこっくりとうなずいた。

　娘が出ていくと、ケイトは話を続けた。「三十秒で話すわね。とにかくマックスは私に気づいたの。私たちが話しているとき、トリシャがエレベーターから降りてきて、彼はひと目で見抜いたわ」

　母親は胸に手を押し当てた。「ここに帰ってきてはいけなかったのよ！　私にはわかってた」

「お父さんの具合が悪いのに、ほうっておくことなんてできないわ」ケイトは目をぎゅっと閉じた。「彼、しらふだったの」

　ベヴは一瞬きょとんとしたが、すぐに嫌悪感をあらわにして言った。「それであなたは罪の意識に駆られたの？　あの人は酒乱だったのよ。日に日にひどくなる一方だった。子供を守るためには、あなたはああするしかなかったのよ」

「でも、彼がどうしているか気にしていれば――」

「いつお酒を断ったかわかったものじゃないわ。つい先週、ＡＡに参加したばかりかもしれない。あれこれ悔やんでもしかたないわ」

　ケイトはため息をついた。「そうね、でも、マックスが怒っていたことは確かよ。私が話をしに行かなければ、彼のほうから今夜、家に来るでしょうね。そうでなければ、明日にも法的書類がどっさり届くかもしれない。あるいはその両方かも」

　洗面所からトリシャが戻ってきた。疑うことを知らない愛らしい娘の笑顔を見て、ケイトの心は沈んだ。今夜彼が家に来たら、娘の前で話をしなければならない。父親が酔っ払いだったなどという話は娘に聞かせたくない。

ケイトは母親と向き合った。「一時間かそこら出かけてきてもいいかしら？」

母親は気遣わしげに娘を見た。「もちろんよ」

ケイトは息を吸いこみ、娘のほうを向いた。「お祖母ちゃんを困らせちゃだめよ」

トリシャがうなずくのを見て、ケイトは病室を出た。車に乗りこみ、パイン・ウォードの繁華街に向かう。パイン・ウォードは小さな町で、一九九〇年代に製鋼所が衰退したあと、自力で復興しつつある。四〇年代に建てられた多くのビルは修復され、メインストリートの歩道沿いに木々が植えられて、レストランが数軒、新たに開店していた。

パーキングエリアに車をとめ、しばらく歩くと、町の中でも比較的新しいモダンな建物が立ち並ぶ一角に出た。ケイトは黄色の煉瓦《れんが》造りのビルの前で立ちどまった。〈モンゴメリー開発〉のオフィスだ。そこには富と権力の香りが漂っていた。静かで控えめながら、威厳に満ちている。

ケイトはためらいを覚えた。病院で再会したマックスはいたって冷静だったけれど、私に対して怒りを感じていた。当然だ。マックスが同じことをしたら、私は怒り狂っていただろう。

もしかすると一日か二日、事実を受けとめる時間を彼に与えたほうがいいのかもしれない。

いいえ。ケイトは深いため息をついた。こちらから出向かなければ、彼のほうから訪ねてくるはずだ。そうなったら、トリシャの前で言い争うはめになる。あるいは、それぞれの弁護士が同席する場で対面するか。彼のほうがはるかに優秀な弁護士を雇えるとなると、私に勝ち目はない。この件は弁護士を通さずに解決しなければ。

ケイトは両開きのガラスのドアを通って中に入り、改装されたロビーを見渡した。天井は吹き抜けで太陽の光がさんさんと差しこみ、受付に置かれた二脚の白いソファの両側には鉢植えが配されている。中央にあるのは、よく磨かれた木製の受付デスクだ。

マックスと結婚したときすでにモンゴメリー家は裕福で、家業が成功しているのはよくわかっていた。だが、こうしてその成功の証《あかし》であるオフィスを目にすると、そもそもモンゴメリー家とハンター家は相いれなかったのだと思わずにはいられなかった。

恐れが震えとなってケイトの体を貫いた。七年、いや、妊娠期間も含めれば八年近くもの間、マックスから娘を引き離していたのだ。その間、何度彼に電話をかけてトリシャのことを伝えようとしたかわからない。だが、受話器を取るたびにあの夜のことが思い出された。壊されたテレビ。粉々になったグラス。割られた窓。そして恐怖。自分ではなく子供に危険が及ぶのではないかと思うと怖くてたまらなかった。彼のもとから去る以外になかったのだ。それなら今、なにをおどおどすることがあるだろう？

ケイトは肩をいからせた。おじけづいたりはしない。引きさがるつもりもない。こうなったのはマックスのせいだ。そのことを指摘しよう。もしも彼が親権や訪問権を要求してきたら、酔ったうえでの彼のふるまいが裁判で明らかになってもいいのかと問いただそう。

ダークブラウンの大理石張りの床を歩いて受付デスクに向かうと、デスクに配置された二十代の赤毛美人が笑顔で挨拶した。「いらっしゃいませ」

「ミスター・モンゴメリーにお会いしたいんですけど」

受付係は小型のパソコンの画面に視線を落とした。

「お約束をなさっていますか？」

「いいえ。ただ、ケイト・ハンター・モンゴメリーが来ていると伝えていただければ、きっと会ってもらえるはずです」

受付係は驚いたように眉を上げてケイトを上から下まで眺めた。その間、ケイトは身じろぎ一つしなかった。自分が受付係の目にどう見えるかはわかっている。大きなグリーンの瞳とまとまりにくい豊かな髪を持った小柄な女性。有力者――それも、とびきりハンサムな有力者と結婚しているとはだれも思わない女性。引き締まった長身と黒髪とブルーの瞳が魅力的なマックスは、女性を引きつけてやまない。美しい女性を。そんな彼が選んだのはケイトだった。

それがケイトにはいまだに不思議だった。その一方で、夢がかなうことほど最悪のことはないということわざは本当なのかもしれないとも思う。

受付係が電話のダイヤルボタンを二つ押し、うつむいた。くぐもった声だが、かろうじて聞き取れた。ケイトの名前、それに用件が告げられる。

それから間があいた。

受付係はマックスの秘書に連絡したのだろう。今、秘書が彼に電話の内容を伝えているはずだ。

十秒……二十秒……三十秒が過ぎた。

顔がほてり、手が汗ばむ。まさか、怒りにまかせて私との面会を拒むつもり？

ふいに記憶がよみがえった。お金持ちと結婚しているとはどういうことか。重要な仕事。それよりさらに重要な社会的地位。基金集めのための催し。竣工《しゅんこう》式のテープカット。舞踏会。パーティ。

いつもほかの客となにを話すか気をもんでいた。へまをしないように気を張っていた。

楽しんだことなんて一度もない。

そのとき、急に自尊心がわきあがった。私はテネシー州の建設会社のプロジェクト・マネージャーで、娘を女手一つで育てているのよ。基金集めの催しも竣工式のテープカットも怖くない。

マックスが自分の威光と財力にものを言わせようとしているのなら、勘違いもいいところだわ。

受付係がケイトのほうに向き直った。「お待たせしました、ミセス・モンゴメリー。社長室にいらしてください」

「今はミズ・ハンターよ」

受付係が心得顔でうなずいた。「ロビーの奥の三号機のエレベーターをお使いください。警備係が暗証番号を打ちこみますので」

ケイトが顎を上げていちばん奥のエレベーターの前へ行くと、警備係が声をかけてきた。「こんにちは、ミズ・ハンター」受付係は有能だ。伝達事項を忘れていない。警備係は暗証番号を打ちこむと、ケイトを中へ促し、ドアが閉まる前にうしろに下がった。

ものの数秒で最上階に着き、ドアがなめらかに開いた。グリーンの柄のラグが敷かれた硬材の床には、超モダンなグリーンのソファと椅子が置かれ、鉢植えがあちこちに配されている。

マックスは窓を背にしてデスクについていた。

不意をつかれたのか、そこにいたのは、怒れる父親でも裕福な不動産王でもなかった。ありのままの彼だった——豊かな髪と気安い笑みと澄んだブルーの瞳を持った。初めて見た瞬間、息を奪われ、ハートを盗まれた彼そのものだった。

それこそ、妊娠したときに姿をくらましたもう一つの理由だった。二人の生活がどんなに悲惨になっても、彼のことをずっと愛していたし、彼はどんなときも自分を魅了しつづけるとわかっていたからだ。

ケイトはごくりと唾をのんだ。今まで保っていた虚勢が揺らぐのを感じ、急いで自分に言い聞かせた。私がここにいるのは自分のためじゃないわ。トリシャのためよ。あの子を守るために彼と闘わなければ。

マックスが革張りのデスクチェアから立ちあがっ

た。「ケイト！ これは驚いたな」

「でしょうね。でも、私はもう、あなたが結婚した弱虫の女の子じゃないのよ」これでいい。出だしとしては悪くない。「私たち、話し合わなければ」

「僕から逃げておいて、なにを偉そうに」

「あなたから逃げたんじゃない、酔っ払いから逃げたのよ」ケイトは歯に衣《きぬ》着せずに言った。あのとき私がしたことは間違っていない。彼のハンサムな顔や魅力にもう二度と惑わされはしない。

「僕に言わせれば、卑怯《ひきょう》なまねだ」

「真実を告げることは卑怯じゃないわ。あなたに真実と向き合う勇気がありさえすればね」

マックスはいらだたしげに息を吐き出すと、ソファセットのほうへ向かった。「自分がどういう人間かはわかっている」

マックスがソファに座るのを待って、ケイトは椅子に近づいた。間違っても彼の横に座るつもりはなかった。「それなら話が早いわ。私たちには娘が一人いる。あなたはお酒を断った。だからあなたにトリシャと過ごす時間を与えてもいいと考えているの。私の立ち会いのもとでなら」

マックスはソファにもたれかかった。「君の立ち会いのもとで？ 僕は一人で娘と会えないのか？」

ケイトは顎を上げた。「ええ。あなたを信用できるようになるまでは」

僕はこの八年間で変わった。同じようにケイトも変わったらしい。かつてのかわいいケイトは、僕の知らない女性に取って代わられている。

マックスは両手で顔を撫《な》でおろした。どんなにどなり散らしたくても、そうはいかない。ケイトが家を出ていったあと、酒を飲んでもなにも解決しなかった。同じように、癇癪《かんしゃく》を起こしてもなにも解決しないことを、彼女がいない間に学んだのだ。

完全に冷静な口調でマックスは言った。「君が条件を決める立場にいるとは思えない」

「条件を決めるのは私よ」

「僕の二人の弁護士は異議を唱えるだろう」

ケイトは信じがたいと言いたげに目を見開いた。

「もう弁護士に相談したの？」

「やり手の実業家は助言を求めるタイミングを知っている」

「それで、弁護士と一緒になっていばり散らそうというのね」

「必要なことをするまでだ」

ケイトはかぶりを振った。「私に明日にもここを発《た》ってほしいの？　もう二度と娘に会えないくらい遠くへ行ってほしいの？」

自制心なんてもうたくさんだ。「僕を脅すのか？」

「娘を守ろうとしているのよ。あの子を危険にさらしたくないわ」

「危険？　僕を恐れる理由がどこにある？　君たちを傷つけたりはしない！」

「テレビを壊したり窓を割ったりしたじゃないの。あなたの行為はどんどんエスカレートして、私をおびえさせていたのよ」

罪悪感に襲われ、マックスは親指で唇を撫でながら落ち着きを取り戻す時間を稼いだ。「それにしても、もっと前に話すことができたはずだ」

ケイトはあっけに取られたように顔をしかめた。

「本気で言っているの？　立っているのもやっとなほど泥酔していた人に話せと？」

「酔って帰っても、翌朝にはしらふだった」

「二日酔いだったわ」

マックスはため息をついた。「どういう状態だったにしろ、君の話には耳を傾けただろう」

「そうは思えないわ。私が覚えているのは、泥酔するか二日酔いに苦しむあなただけ。三年間、あなたは黙っているか、嘘《うそ》をついて約束を破るかだった。

私は、妻の存在に気づいてもいない夫と三年間暮らしたのよ。昔の私みたいに、小さな娘があなたの帰りを待って窓の外ばかり見るようになるのはいや。あなたが飲酒運転で事故でも起こすんじゃないかとベッドの中で悶々《もんもん》とするのもいやよ。朝帰りしたあなたが起きるのを待って一日をむだにするのも」

憤りがマックスの体を貫いた。「今はしらふだ！」

「そうね。それがずっと続いてほしいけど。だけど、自分でもいつまでしらふでいられるか自信がないんじゃない？　だからこそ、あなたとトリシャを二人きりにしたくないの。私があの子を守るわ。あの子には、私が経験した苦しみは味わわせない」

ケイトの震える声を聞いたとたん、それまでマックスの中で脈打っていた怒りがおさまった。ケイトは僕に腹を立てているだけではない。今なお深く傷ついているのだ。

ケイトは立ちあがってデスクへ向かった。「あなたにわかるかしら？　君を愛していると言いながら一日のうち十分も一緒に過ごそうとしない人と暮らすのがどんなものか」

マックスは体がこわばるのを感じた。しかし、振り返ったケイトの目に抑えた悲しみが浮かんでいるのを見て、自責の念に駆られた。彼女には怒る資格がある。

「それがどんなものか教えてあげる。つらくてたまらないの。でも、なによりこたえるのは、骨まで染みるような深い孤独を感じること」

罪悪感がマックスの胃を締めつけた。あのころ、ケイトを傷つけているのはわかっていた。だが、彼女の声に悲しみを聞き取ったり、目が潤んでいるのを見たりするには、しらふではいられなかったのだ。

「あの子を傷つけはしない」

「あなたはいつもそう言ってた。私を傷つけはしないと。でも、傷つけたのよ。毎日」ケイトの声はささやくように小さくなった。「来る日も来る日も」

マックスはぎゅっと目をつぶった。「すまない。本当にすまない」

「そのとおりよ」

マックスの中に怒りがこみあげた。理不尽ではない、正当な怒りだ。確かに自分の過去を恥じてはいるが、子供の件に関しては彼女だって責められるべきだ。「子供が生まれるとわかれば僕が少しでも早く立ち直るかもしれないとは思わなかったのか？」

「思わなかったわ」ケイトはマックスと目を合わせた。「あなたは私を愛していた。でもそれは、お酒を飲まない理由にはならなかった。そんな不安定な環境で子供を育てるわけにはいかなかったのよ」

「だがせめて、家を出ていく前に妊娠していることを話してくれてもよかったはずだ」

「それで、私が分娩《ぶんべん》室で陣痛に苦しんでいるところへ、酔っ払って現れるの？　クリスマスに泥酔してトリシャの最初の休暇をだいなしにするの？　トリシャのバレエの発表会に千鳥足でやってきて、友達の前であの子に恥をかかせるの？」ケイトはかぶりを振った。「とんでもないわ」

酔ったうえでの醜態の数々が思い出され、マックスは自分を恥じた。その場に居合わせた友人たちや家族の困惑が今ならよくわかる。ケイトに償うのは、口で言うほど簡単ではない。この身をもって証明しなければわかってはもらえまい。

マックスはため息をついた。「子供に会うときには、君に一緒にいてもらったほうがよさそうだな」

「それがいいでしょうね」

「今夜あの子に会いに行ってもいいかい？」

「明日の午後がいいんじゃないかしら。毎日母を病院に連れていくんだけど、最近トリシャが飽きてきているの。だから午後には家に連れて帰ることにしようかと思っているのよ」

「そこへ僕が訪ねていってもいいのかい？」

「ええ。父が退院するまでは、あの子と二人だけの時間が少しはあるから」

それだけ言うと、ケイトは踵《きびす》を返してエレベーターへ向かった。マックスは罪の意識にさいなまれながらソファの背にもたれかかった。しかし、エレベーターのドアが閉まると、再び怒りに駆られた。妊娠について知っていれば、どれだけ状況が変わっていたことか。彼女は僕に立ち直るきっかけを与えなかった。父親になるチャンスさえ。

いや、僕に彼女を責める資格があるのか？

頭の中で小さな声が答えた。ある、と。確かに彼女の不安はわかるが、僕には子供のことを知る権利がある。

マックスはソファから立ちあがり、再びデスクについた。モンゴメリー家に養子にもらわれてきた弟のチャンスが実は血のつながった息子だと、父親に打ち明けられた夜のことが思い出された。よその女性が産んだ息子を、浮気を隠すために養子縁組をして引き取ったのだと。そのとき父は、まったく同じせりふを口にした。

〝私には子供のことを知る権利がある〟

いらだちを覚え、額をこすった。あのことは半ば忘れかけていた。その夜、弟のチャンスは家を飛び出した。それも、酒を飲みはじめた理由だ。だが、僕はもうあのころの若者ではない。この七年、立派に更生の道を歩んできた。今の望みは、これまで知らなかった娘を知ること、以前の自分には戻らないことだ。

マックスはデスクから携帯電話を取りあげると、短縮ダイヤルを押し、保証人に電話をかけた。

2

翌日、マックスは正午にオフィスを出て大急ぎで帰宅し、Ｔシャツとジーンズに着替えた。娘を怖がらせないために、ブラックスーツよりカジュアルな格好ならなんでもよかった。

ケイトに埋め合わせをしなければならない。保証人のジョー・ズベックにもそう指摘された。アルコールに溺れて、ケイトを傷つけ、不当に扱ったことは間違いない。だからこそ、彼女は娘を同じ目にあわせまいとしたのだ。

マックスはメルセデスではなくレンジローバーに乗り、高級住宅街を走り抜けた。パイン・ウォードのビジネス街から、労働者階級向けの住宅地へと進んでいく。エルム・ストリートに入ると目的地に着いた。赤煉瓦《れんが》造りの二階建ての家。そこが大好きだったのは、ケイトが住んでいたからだけではなく、広いフロントポーチとぶらんこがあったからだ。

車をとめ、ポーチとぶらんこを眺めた。あのぶらんこにケイトと座り、何度甘いひとときを過ごしたことか。

いつの間にか目を閉じ、追憶にひたっていた。マックスが二十四、ケイトが十八だった。それほど年の開きがあったわけではないが、彼女は奥手だったので、事を急ぐまいとした。ついに結ばれたとき、マックスは感激し、悟った。ケイトこそこの世界で自分のために存在するただ一人の女性だと。二人はそれから九年間をともに過ごした。彼女が大学を卒業するまで四年間デートを重ね、それから五年間の結婚生活を送った。ケイトが去ったときには、あまりのつらさに自分の心がしおれ、枯れ果てるのではないかと思った。

　そして今、彼女が戻ってきた。

　マックスはぱっと目を開け、イグニションからキーを引き抜いた。そのことに意味はない。僕は二人の関係を、修復不可能なまでに破壊した。二度と元には戻らない。しかも今回は二人だけの問題ではすまない。僕たちの娘もかかわってくる。愚かにも二人のロマンスを再燃させようとして、トリシャを知るチャンスをふいにしたくはない。ロマンスをだいなしにしたのは僕だ。それを忘れてはならない。

　マックスはぶらんこから目をそむけてポーチを横切った。玄関のベルを鳴らすと、すぐにケイトがドアを開けた。まるで待っていたかのように。丈の短い白いTシャツとローライズジーンズという姿で、裸足《はだし》だ。爪先には鮮やかなブルーのペディキュア。豊かな漆黒の髪が波打ちながら肩に垂れている。三十五歳ではなく、二十歳にしか見えない。

　早鐘を打っていた心臓がとまりかけた。ケイトはいわゆる正統派美人ではないが、男を立ちどまらせる生来のセクシーさがある。僕も含めて。

　マックスはごくりと唾をのんだ。「やあ」

「中へどうぞ」

　マックスは飾りけのない玄関ホールに足を踏み入れた。床は淡いベージュのタイル張りで、右側にはダイニングルーム、左側には居間がある。

　ケイトは居間にあるピーチ色とベージュのソファと安楽椅子のセットを示した。二人が結婚する前からこの部屋にあったものだ。「座りましょう」

　居間に入ると、トリシャが奥のキッチンからのぞき見た。その顔に恥ずかしそうな笑みが浮かぶ。マックスの心臓は大きく打ちだした。妖精のように愛らしい顔はケイト似で、ブルーの瞳はマックスゆずりだ。幼いながらも両親の美点を受け継いでいる。

　ケイトも娘に気づき、笑った。「いらっしゃい。

恥ずかしがらないで。ママのところへ来て」そしてソファに腰を下ろすと、向かい側の安楽椅子に座るよう手ぶりでマックスに促した。

もじもじしながら入ってきたトリシャは、母親が座っているソファの肘掛けににじり寄った。

ケイトは時間をむだにしなかった。「トリシャ、この人がママの話していた人よ」そこで一瞬、間を置く。「あなたのパパ」

トリシャは床に視線を落とした。「こんにちは」

「こんにちは」展開が早すぎて、マックスはついていけない気持ちだった。恐れと驚嘆が新たな怒りを伴って胸を満たした。自分の子供を前にして、途方にくれ、言葉が出てこない。ケイトがその存在をずっと隠していたからだ。「ええと……君に会えてうれしいよ」

トリシャがうなずいた。

ケイトが口をはさんだ。「トリシャは秋には二年生になるのよ」

「二年生」マックスは繰り返した。舌が重く、脳は溶けた蝋《ろう》の塊のようだ。ケイトが家を出なければ、僕はこの子の存在を知ることができた。誕生の瞬間を見ることができた。僕がもう少し早く酒を断っていれば……。

僕たちはまだ結婚していたかもしれない。

マックスは息を吸いこんだ。そんなことを考えるのはよせ。自分の責任を果たすんだ。

トリシャが上目遣いに彼を見た。「一年生はとっても楽しかった」

「トリシャは優秀な生徒なのよ。先生にもかわいがられて」

トリシャがにっこりした。前歯が二本抜けているのがわかった。

マックスの胸に笑いがこみあげてきた。この子はこのうえなく愛らしい。「教師というのは成績優秀な生徒をひいきにすると決まっている」

そこへケイトの母親のベヴがトレイを持って入ってくるのを見て、マックスは驚いた。親子三人だけだとばかり思っていたのに……。だが、すぐに気づいた。ケイトはそこまで僕を信用していないのだ。

ベヴが不自然なほどにこやかに言った。「よかったらレモネードとクッキーをどうぞ」

ベヴがまだトレイをテーブルに置かないうちに、トリシャがさっそく手を伸ばした。

ケイトが笑った。「マナーはどうしたの？　パパがお客様なのよ。パパにまず勧めなくちゃ」

トリシャはしぶしぶ手を引っこめ、マックスと目を合わせた。「クッキー、食べる？」

マックスは胸が締めつけられた。僕には存在すら知らなかった娘がいた。その娘は今、気まずい思いをしている。僕と同じように。なにもかもケイトが僕たちを会わせなかったせいだ。それはなぜか？　僕を恐れていたからか？　彼女に暴力をふるったことなどないのに。ただの一度も。

マックスは悪態をつきたい衝動と必死に闘った。こんなふうに考える資格はない。かつて自分のしたことの報いだ。他人を責めることはできない。

彼はようやくトリシャにほほえみかけた。「もちろん、いただくよ。クッキーは大好物だ」

ベヴが皿を差し出した。マックスは厚いチョコチップクッキーを一つ取った。だれも口をきかない。

しばらくクッキーをもぐもぐ食べていたトリシャが沈黙を破った。「おいしい？」

今度は作り笑いではなかった。娘のかわいい顔を見て、ただ抱き締めたくなった。そうして自分の子供だということを実感したくてたまらなかった。

「ああ、ものすごくおいしいよ」マックスは咳《せき》払いをした。「それで、友達とは仲よくしているかい？　たくさんいるんだろう？」

「サニーとジェフリーよ」

マックスはすばやくケイトを見た。「トリシャの親友は二人とも男の子なのかい？」

トリシャがくすりと笑った。その笑い声はマックスの神経を軽くなぞり、心を温かくし、畏敬の念で満たした。この子は僕の娘なのだ。これからこの子とかかわっていきたいなら、過去にこだわっていてはいけない。今日を生きるのだ。この瞬間を。

「サニーは女の子よ」

「そうなのか」

ケイトが立ちあがった。「みんなでなにかしましようか」

マックスは娘を見た。「君はなにがしたい？」

トリシャは恥ずかしそうにうつむいた。するとケイトが娘の前にかがみこんだ。「パパを娯楽室に連れていってティーパーティをしない？」

トリシャはうれしそうに目を輝かせてうなずくと、マックスを娯楽室に案内した。茶色のツイードのソファと椅子におもちゃが散らばっていることを除けばこぎれいな部屋だ。赤いプラスチックの子供用テーブルが真ん中にすえられ、そのまわりに置かれた黄と青と緑の椅子に人形とぬいぐるみが座らされている。

トリシャが人形とぬいぐるみをすばやくソファに移し、椅子の一脚を指さした。「ここに座って」

マックスはプラスチックの椅子をまじまじと見た。しかし、なにか言う前にケイトが口を開いた。

「パパには小さすぎない？」

再び怒りがマックスの中にこみあげた。「僕の先まわりをするのはやめてくれ。君はもう十分すぎるほど僕の代わりに決断してくれたじゃないか」

ケイトがこちらを向いた。マックスが本気で喧嘩《けんか》を吹っかけているのかどうか見きわめるように眉を上げて。それを見るなり、マックスは自分の言ったことを後悔した。とくに今はトリシャがいるのだ。

「この椅子は頑丈そうだと言いたかっただけだ」マックスは言いつくろい、椅子に体重をかけないように腰を浮かせて座った。「なかなかいい」そしてケイトを振り返った。「大丈夫そうだよ」ほっとため息をついたものの、曲げた膝はテーブルより高い位置にあり、自分が巨人になったような気がした。

トリシャがままごと用のティーポットを母親に渡した。「お茶を飲むでしょ？」

ケイトはポットを受け取った。「もちろん。クッキーももっと持ってきましょうね」

母親が出ていくと、トリシャはカップとソーサーを並べはじめた。「これがあたしのおやつなの」

「おやつ？」

トリシャはわき目も振らずに言った。「三時のおやつ」

「なるほど」マックスはようやく理解した。「クッキーを食べすぎないようにというわけだね」

トリシャが初めてまともに彼を見た。「お砂糖の摂《と》りすぎは体によくないのよ」

母親にいつも言われていることをそのまま繰り返しているのだ。マックスは声をあげて笑った。

やっとトリシャが椅子に座った。沈黙が流れ、マックスはあせった。初めて対面したばかりの子供に、どう接すればいいのだろう？

そのとき、ケイトがティーポットとクッキーを三枚のせた小皿を持って戻ってきた。髪を耳にかけ、鎖骨を見せている。マックスの視線は彼女の喉元から、胸に張りつくTシャツへ移った。たちまち呼吸が速くなる。休息していたライオンがやおら行動を起こすように、いきなりケイトを意識しはじめた自分に、マックスはとまどった。こんなに腹を立てている女性に、どうしたらこんなに魅力を感じることができるんだ？　いまいましい！

「一枚はあなたに。二枚はあなたのパパに」

トリシャがため息をついた。「パパのほうが大きい」

「そうよ」ケイトがクッキーの皿を差し出すと、コロンのほのかな香りが漂った。

彼女のそばにいるのに早く慣れたほうがいい。そうでないと頭がおかしくなってしまう。マックスはクッキーを取った。「君の分はないのかい？」

ケイトはソファに置かれた人形やぬいぐるみを集めた。「おなかがすいてないの。それに、これはあなたのパーティよ。娘と一緒に楽しんで」

トリシャが〝紅茶〟をカップについだ。プラスチックのカップの衛生と中身がなにか気にしながら、マックスはケイトを見た。「この小さなカップを最後に洗ったのはいつか、きいてもいいかな？」

ケイトが一笑に付した。「トリシャが使うたびに洗っているわ。きれいよ」

それでも用心しながらひと口飲んでみて、中身がグレープジュースだとわかった。「おいしいよ」

「女王様のお気に入りなの」

マックスはちらりと娘を見た。「女王様？」

トリシャはあいている椅子を指さした。「女王様もティーパーティにいらっしゃるのよ」

幼い娘の話についていけず、マックスはまたケイトのほうを見た。だが、彼女は人形を集めるのに忙しく、こちらにまったく注意を払っていない。腕いっぱいにかかえた人形をおもちゃ箱にしまうと思いきや、部屋の隅に並べていく。そこではたと気づいた。二人はここに住んでいるわけではないのだと。僕とばったりでくわすことなど決してない、どこか遠くに住んでいるのだ。それなら、なぜここにトリシャのおもちゃがあるのだろう？

マックスはプラスチックのテーブルを軽くたたいた。「これは新しいものなのかい？」

ケイトが答えた。「ここに来て二日目に買ったの。トリシャも私も気晴らしが必要だから」

彼女の父親が心臓発作を起こしたことを思い出し、唐突に悲しみが胸にわきあがった。「お父さんのこと……お気の毒だったね」

「父はよくなるわ。いつまで入院していればいいのかはわからないけれど」ケイトは別の人形を手に取った。「だから、母のそばにいられるように、三カ月間、休職することにしたの。家を離れている間、子供が飽きないように少し買い物をしたのよ」

話がのみこめると、マックスは目をしばたたいた。

「三カ月間、ここにいるのかい？」

ケイトはまたおもちゃを拾いあげた。「ええ」

ということは、僕には三カ月の猶予がある。これはかけがえのないチャンスだ。それにケイトは、トリシャには気晴らしが必要だと考えている。彼女が入院中の父親を見舞っている間、トリシャを預かれば、感謝してもらえるのではないか？

「君が病院にトリシャを連れていけないときは、喜んでスケジュールをあけて面倒を見るよ」

ケイトはさぐるようにマックスを見た。「ありがとう。でも、あなたがトリシャに会うときは私も一緒にいると決めたはずよ」

提案がすんなり受け入れてもらえないのはわかっていたはずだ。だが、二人のためにできることがなにかある。それを知ってもらわなければ。「トリシャが欲しいものがほかになにかないかな？」

「トリシャはあなたの目の前にいるのよ。自分できいたら？」

いらだちが体を駆けめぐった。僕は精いっぱい愛想よくしているのに、彼女のぶっきらぼうなことといったらどうだ。僕がこの場になじんでいないとしたら、彼女のせいだ。しかし、マックスは冷静さを取り戻し、そもそもケイトに不信感を植えつけた自分がいけないのだと思い直した。どんなに不当に思えても、彼女のルールを尊重しなければ。

　マックスはトリシャに顔を向けた。「なにか欲しいものはあるかい？」

「ポニー」

　ケイトが笑った。マックスはさっと彼女を見てから、また娘のほうに向き直った。父親としては新米かもしれないが、人の扱いや交渉は心得ている。

「ここにはポニーを飼う納屋がないな」

「ママの言うこととおんなじ」

「それじゃ、ポニー以外で欲しいものは？　象とか蛇とか、なにかほかの生き物は？」

　トリシャがくすりと笑った。「象はいらない」

　弟のチャンスのことを思い出しながら、マックスはカップを取りあげ、またひと口飲んだ。「象を欲しがる子供もいるよ」

　ケイトは必死に笑いをこらえたあと、罪悪感に打ちのめされた。私が家を出なければ、マックスはこんなふうにして今、新米の父親として苦労しなくてすんだのよ。

　でも、彼はうまくやっている。トリシャに会えば会うほど、もっと父親らしくなるだろう。とくに三カ月間、週に何度か訪ねてくるつもりなら。

　そう考えてケイトはうめき声をあげそうになった。週に何度か？　そのたびにつき合ったら、三カ月のほとんどを元夫と過ごすはめになるわ。

　トリシャは熊のぬいぐるみになにか食べさせるまねをしている。マックスは立ちあがり、ケイトのほうへ歩いてきた。「この家にどんなマナーがあるのか知らないが、長居をして迷惑をかけたくない」

　その言葉にがっかりしたものの、ケイトは感じよく言った。「迷惑だなんてとんでもないわ」

「そうか。だが、ここでは楽しい時間を過ごしたい。

トリシャをうんざりさせてせっかくの時間をだいなしにしたくないんだ」

短い期間だけれど、三人で会うのはいいことだ。その間に、トリシャは彼になつくだろう。そして彼も、娘の扱いに慣れるはずだ。

「わかったわ」ケイトはトリシャのそばへ行った。「パパはもう帰るんですって。さよならして」

トリシャが歯の抜けた口を開けてにっこりした。「バイバイ」

別れはいつでも名残惜しいものだ。マックスの顔に複雑な表情が浮かぶのを見ながら、ケイトは息を吸いこみ、自分のするべきことをした。「パパをハグしてあげて」

トリシャは父親の前へ行き、脚に腕をまわしてぎゅっとしがみついてから、うしろに下がった。

マックスは目を閉じて抱擁の感触にひたると、かがみこんで娘を抱き寄せた。罪悪感がケイトの胃を締めつけたが、すぐに現実的な意識に取って代わられた。今はよき父親としてふるまっているけれど、ただの演技かもしれない。この人はお酒で結婚生活をだいなしにしたのよ。もしまた飲みはじめたら、すぐにもトリシャを遠ざけよう。

「バイバイ」マックスは立ちあがり、出ていった。すばやく、静かに。

彼が帰ったことにほっとし、ケイトは皿をキッチンに運んだ。トリシャがスキップしながらついてくる。キッチンでは母親がカウンターをふいていた。

「パパのこと、好き」トリシャが言った。

ケイトと母親は顔を見合わせた。「すてきな人《ピーチ》だものね」母が言った。

トリシャが無邪気に笑った。「パパはピーチじゃない。ピーチは果物でしょ」そして果物鉢から林檎《りんご》を取ると、スキップしながら出ていった。

母がさっと向き直った。「それで？」

「それでって、なにが？」

「彼を説得できたの？　彼は親権を求めて裁判を起こすつもりなんでしょう？」

ケイトはシンクに寄りかかった。「トリシャのことでなにか話し合う暇なんてなかったわ」

「ああ、ケイト！　彼が訪ねてきた目的はそれしかないわ。なんとか裁判を起こさせないようにしなくちゃ」母はため息をついた。「彼と話をするべきよ」

考えただけで胃が引っくり返りそうになった。マックスと話なんてしたくない。でも、この問題をうやむやにすれば、彼は弁護士に相談するだろう。弁護士が裁判の準備に取りかかったら、なすすべはない。それならせめてトリシャとマックスが会う日時は私が決めよう。そして必ず立ち会おう。

この先どうなるかわからなくとも、こちらが優位に立ちつづけなければ。

3

マックスは目を潤ませて家を出た。娘から初めて受けた抱擁はあっという間に終わり、夢の中の出来事のように思えた。人生最高の瞬間だった。

息を吸いこみ、なんとか現実に立ち戻った。自分にとってはかけがえのない出来事でも、小さな女の子にすれば、赤の他人も同然の父親を抱き締めるのは気の進まないことだったかもしれない。そう考えると、娘に抱擁を促したケイトのどこかぞんざいな態度も納得がいく。彼女はトリシャの気持ちを考えたのだろう。それでよしとしなければ。

しかし、あまりに多くの感情が胸の中に渦巻いていた。結婚生活を破綻させ、人生をだいなしにした自分自身への怒り。ケイトに腹を立てたいのに、そうはできないいらだち。自分のしたことに責任を取らなければならないという重圧。

レンジローバーまで戻ると、携帯電話をつかみ、短縮ダイヤルを押した。

秘書のアネットが出た。「はい、社長」

「今日はこのまま社には戻らない」

一瞬、沈黙があった。アネットは、今マックスがどこにいるかを把握している唯一の人物だ。トリシャのことは彼女しか知らない。「大丈夫ですか？」

「申し分ないよ」

「そうは思えませんが」

四十五歳で四人の子供の母親であるアネットは、実に賢明な女性だ。そして、マックスが心から信頼を寄せる相手でもある。

「今日のことでちょっと考えたいんだ」

「話し合いがうまくいかなかったんですか？」

話し合い？　僕たちはろくに口をきかなかった。

「どなり合いはしなかったよ」

「とにかく、今日は金曜日です。社長はもう十年くらい一日たりともお休みを取っていないんですから、どうぞ休んでください。私がお留守を守ります」

アネットが電話を切り、マックスは家に向かって車を走らせた。静まり返った玄関ホールに足を踏み入れると、思い出が押し寄せ、思わず足をとめた。新婚当時、ケイトは玄関で出迎えてくれたものだった。ときには一糸まとわぬ姿で。互いに夢中だったあのころは、今のようにまともに会話も交わせなくなるなんて想像もつかなかった。

キッチンへ向かいながら、家政婦が出かけていることに感謝した。ヒューストンにいる母親は友人を訪ねているから、今まで知らなかった孫がいることを話さなくてはならないという義務感に駆られないでもすむ。

母に話すことを考えると尻込みしたくなる。穏便にはいかないはずだ。母は怒りを爆発させるか、涙にくれるかだろう。そんな母に、ケイトには家を出る正当な理由があったことを思い出させなくては。

マックスは主寝室へ入っていった。酒を断ったあと、模様替えした部屋だ。部屋に染みついた思い出に耐えられなかった。ケイトと愛を交わした思い出だけでなく、喧嘩《けんか》の記憶にも。喧嘩の原因はこの僕だ。目を閉じれば、今もケイトの声が耳によみがえる。お願いだからもう飲まないでと懇願する声が。そして、大丈夫だと尊大に言い張る自分の声も。なんと愚かだったことか。

マックスは手早く水着に着替え、プールへ向かった。派手に水しぶきをあげて飛びこんでから浮かびあがる。頭を振ると、水滴が飛び散った。

「こんばんは」

ケイトの声だ。驚きに心臓がはねあがった。マックスはくるりと振り返った。「やあ」

ケイトはプールに近づいた。「あの……私たち、訪問権について話し合わなかったでしょう。あなたが今度いつ娘に会うかについて」弱々しい笑みが口元に浮かぶ。「会社に電話したら、アネットがあなたは家に帰ったと教えてくれたの。彼女、今もあなたのもとで働いているのね、よかった」

マックスは慎重にプールの階段に向かった。プールサイドに立つケイトを見ていると、記憶が次から次へとあふれ出てくる。彼女が少しも変わっていないからだ。見た目も声も。まるで家を出ていったことなどないかのように。自分に今も彼女を抱き寄せ、キスをする権利があるかのように。

心臓が早鐘を打った。そんなことをしたらケイトに平手打ちされると思ったからではない。思いがけず強い切望がこみあげたからだ。片時も彼女を忘れたことはない。こうして彼女が戻ってきた今、結婚生活の思い出がマックスの心をかき乱していた。

「訪問権？」彼は一歩ケイトに近づいた。

ケイトは一歩下がった。「明日は土曜日だから、あなたがトリシャに会う時間を作れるんじゃないかと思ったの」

「作るよ」

ケイトはおずおずとほほえんだ。「よかった」

マックスの目にはグリーンのビキニ姿のケイトが浮かんでいた。日差しを受けて輝く髪を思い出す。楽しげにくすくす笑う声を。

「明日の午後一時じゃ早すぎるかい？」

「いいえ。トリシャと私は一時までに戻るわ」

マックスはうなずいた。

「それじゃ行くわね」

彼女を行かせるな！

キスやセックスを求めているわけではない。口説くチャンスが欲しいのでもない。ただケイトと一緒にいたいだけだ。彼女がこれまでどうしてきたか、八年が過ぎた今、どんな女性になったかを知るために。「もう少しここにいて、話をするのはどうかな」

ケイトは目の上に手をかざしてまぶしい日差しをさえぎった。「確かに決めないといけないことがたくさんあるわね」

「養育費のこととか。僕は八年間、一セントも払っていない。君には大きな借りができた」

「家を出たときに養育費をもらう権利を放棄したのよ。だから、そのことは気にしないで」

「気にしているんじゃない。僕はただ……」マックスは指で髪をすいた。「トリシャのことが知りたいんだ」それに、君の声を聞いていたい。「あの子が好きな食べ物はなにか、慕っている先生はだれか、嫌いなものはなにか」それに、娘について語るときの君の楽しげな声を聞いていたい。

「あの子はごくふつうの女の子よ。話すことはそれほどないわ」

マックスはフレンチドアから中へケイトを促し、娯楽室へ向かった。「最初の歯が生えたときのことを話してくれ。初めて歩いたときのことを」

またしても罪悪感がケイトの胃を締めつけた。非難めいた口調ではないけれど、彼は子供の成長における大事な節目を見逃したと言っているのだ。

子供のことを知りたがっている彼を責められる？責められない。子供について話すのが当然だからというだけではなく、それで明日の対面の緊張をやわらげ、しかも裁判沙汰を避けられるかもしれないのだから。「もちろん」

マックスはドアを開け、ケイトを先に入らせた。自分で内装を手がけた娯楽室が以前とまったく変わっていないのを見て、ケイトは衝撃を受けた。彼はみかげ石の暖炉や硬材の床を替えたくなかったのかもしれない。でも、とっくの昔に取り替えてもよかったソファや椅子をそのままにしているのはなぜ？私が選んだ絵や彫刻を今も飾っているのは？

マックスはキッチンへ向かった。「アイスティーはどうだい？」

「いただくわ、ありがとう」喉につかえた熱い塊をのみ下すなにかが欲しかった。ケイトは二人で初めてこの家に足を踏み入れたときのことを思い出していた。骨組みができ、ベニヤ板が張られたばかりだった。新築の家を、まだ完成していないうちに買ったのだ。だからこそ思い出もたくさんつまっている。

ケイトは白木の椅子の肘掛けをなぞり、ランプの筒型のシェードをいとおしげに撫《な》でた。

マックスがアイスティーのグラスを手渡した。

「ありがとう」顔を上げてマックスと目を合わせたとたん、血の気が引くような気がした。そこには、十三年前の若く夢にあふれた彼がいた。仕事にも家族にもまだ悩まされていないころの。ケイトは胸が苦しくなった。膝はすでにがくがくしている。

彼の姿にどぎまぎしてどうするの？

マックスはケイトに椅子を勧め、自分はソファに座った。「まずあの子の誕生日を教えてくれ。いつあの子が生まれたか知りたい」

「あの子が生まれたのは七月二十七日。陣痛は十八時間続いたわ」

マックスはのけぞりかけた。「なんてことだ」

ケイトは片手を振った。「ごくふつうよ。女の人ならみんな耐えるの」そこで思い出した。「そのときの写真があるわ」

マックスは体を起こした。「写真？」

「持ってない母親なんていないわよ」ケイトは笑いながら財布をさぐった。トリシャを産んだときの写真が入っている。ソファに座るマックスの隣に移ると写真を見せた。「トリシャの最初の写真よ」

マックスは笑った。「しなびたプルーンみたいだな」

「九カ月も羊水の中にいたんですもの」ケイトは次の写真を見せた。トリシャが生後三カ月のときに写真スタジオで撮ってもらったものだ。「こっちのほうがいいわ」

マックスはため息をついた。「ああ……」そして言った。「とても愛らしい」

万感のこもったその声を聞き、ケイトは写真をマックスに差し出した。「あなたが持っていて」

マックスがさっと視線を向けた。「僕が？」

ケイトは目をそらした。「ええ。私はたくさん持っているから。あなたに送るべきだったわ」

「僕は……」マックスは唾をのみこんだ。「ありがとう」

ケイトは体の震えを感じた。あまりに長い間この男性を憎み、恐れていたからこそ子供の存在を隠していたのに、今こうして一緒に座り、ごくふつうに話をしている。内心、彼のほうは子供のことを秘密にしていた私に腹を立て、私は私で結婚生活をだいなしにした彼に腹を立てているはずなのに。

ケイトはマックスに財布を渡すとソファから立ちあがり、彼から離れた。「その中にトリシャの写真がまだ何枚か入っているわ。見てみて」

言われたとおり一枚ずつ丁寧に写真を見るマックスの姿に、ケイトの罪悪感はつのった。とりわけ、二人がまだ仲むつまじくしていたこの家にいると。この家で二人はそれは幸せに暮らしていたのだ。

しかし、ちらりと窓に目をやったとたん、甘い追想は断ち切られ、苦い現実が戻ってきた。あの夜、マックスは窓ガラスをたたき割ったのだ。逃げ出したのは悪いことでもなんでもない。自分のことだけ考えればいいのならこの家にとどまっただろう。でも、おなかには子供がいた。まだ見ぬ二人の喜びの結晶が。彼の飲酒がエスカレートする一方だったことを思えば、家を出たのは正しかったはずだ。

しばらくしてマックスが財布をケイトに返した。

「これは……」彼は苦しげに息を吸った。「うまく言葉にできないよ」

ケイトはさっと財布を受け取り、バッグに押しこんだ。帰るつもりだった。「ほかの写真を送るわ」

体の向きを変えたとたん、マックスが尋ねた。

「あの子の歯は？　一本抜けていたようだが」

ケイトは迷った。早く出ていきたい。だが、結局向き直った。彼が今まで見逃してきた娘の成長過程を知りたがるのは当然だ。「二本とも先月抜けたの」ためらいがちに再び椅子に腰を下ろす。「あの子はとても怖がったけど、歯の妖精が枕の下に二ドル札を置いていったのを見たら、けろりとしていたわ」

マックスは忍び笑いをもらした。その低く豊かな笑い声は、幸福な思い出を呼び起こした。笑いながら私を抱きあげてくるくるまわる彼……。悲しみが激しく心を揺さぶった。

この八年、幸せな記憶など一度もよみがえらなかったのに。二人の愛に満ちた思い出は、マックスの飲酒によって汚されてしまった。けれど今、しらふの彼とともにいて、幸せな記憶が戻ってきた。ああ、どんなにこの幸福感が恋しかったことか。

胸を高鳴らせながら、ケイトは再び部屋を見まわした。つかの間、酔っ払いを愛した愚かな女ではなく、すてきな若者に夢中になったどこにでもいる女の子に戻っていた。

「歯の妖精だって？」

ケイトはいきなり夢想から引き戻された。「ええ。枕の下にお札を置いたのが私だって、あの子はわかっているみたいだけど」

「もうサンタクロースも信じていないんだろうな」

「ええ。あなたはみんな見逃してしまったのね」なるべく軽い口調で言うつもりだったが、言いおえたあと、部屋には沈黙が広がった。正当な理由があったにせよ、子供のことを黙っていたのは事実だ。たとえマックスが夫として失格だったとしても、彼を傷つけたことは否めない。「ごめんなさい」

マックスがぱっと顔を上げた。「なにが？」

「娘のことを話さないであなたを傷つけたこと」

「君はそうせざるをえなかったんだ」

安堵《あんど》が胸に広がった。「そう思ってくれるの？」

「そう思おうとしている」

マックスは穏やかで従順だ。以前とはまるで違う。本来の彼らしさが抑えこまれているように見える。トリシャのためにはいいことだが、ケイトはまたしても良心がうずくのを感じた。

「僕があの子の世界に溶けこむのは大変そうだな」

「私が手伝うわ」

「助かるよ」マックスがにっこりすると、ケイトはせつなくなった。頭の中は、酒に溺れるようになる前の彼のイメージでいっぱいになった。

会話が再びとだえた。ケイトは部屋を見まわした。娯楽室の向こうのキッチンや居間も眺めた。テーブルもランプも絵画も私が選んだもの。彼は私を愛していた。だから私にすべてまかせ、私の選んだものを喜んで受け入れた。私たちは幸せいっぱいで……。

ふいに涙があふれ出し、ケイトはぱっと椅子から立ちあがった。「もう行かなくちゃ」

マックスも立ちあがった。「そうだね」

ケイトはフレンチドアへ急いだ。なんてやさしくて、思いやりのあること！　もう取り返しのつかない今になって。喪失感が胸にあふれた。

ドアまでたどり着く前にケイトはくるりと振り返った。「あなたがめちゃくちゃにしたのよ」

マックスはとぼけはしなかった。「わかっている」

「私たちはなにもかも持っていたのに！　ほかの夫婦が夢見るものをすべて。お金も家も笑いも、愛を交わす喜びも。あなたは全部投げ捨てたのよ！」

「なぜ僕が酒をやめたと思う？　それがわかったからだ。君が出ていってから、僕は孤独でみじめで、もっと酒を飲んだ。ある日、自分をだめにしていたことにはたと気づいた。君と自分をだめにしていたことに。それでＡＡに参加した」

聞きたくなかった言葉だった。お酒をやめたのは、それが私の去った理由だとわかったからだなんて。涙が今にもあふれ出しそうで、ケイトは顎に力をこめた。

「多くの問題を乗り越えるのに七年かかったよ」

マックスの声には後悔がにじんでいたが、それがますます状況を悪化させた。かろうじてこらえていた涙が目尻から流れ、ケイトはさっと背を向けてドアへ急いだ。なにがなんでもここから出なくては。

「ケイト、頼む」

ケイトはドアのノブをつかんだまま足をとめた。

「頼むって？　なにを？」

「僕と顔を合わせるたびに昔を思い出させて君を混乱させるのは忍びない。過去は過去だ。夫婦の関係は切れたが、僕たちには娘がいる。僕にとっては最高にすばらしいことだ。だからもう過去は振り返らないでくれ。今日という日を乗りきる僕に手を貸してほしい」

泣くまいとしてケイトは顎を震わせた。マックスは過去を乗り越え、破綻した二人の結婚にはもうなんのこだわりも抱いていないように見える。

でも、私は違う。

そう思うと、心が傷ついた。いまいましいことに。

涙が頬を伝い落ち、ケイトは勢いよくドアを引き開けた。「いいわ。明日一時に来てちょうだい」

4

土曜日、マックスは小さな人形をプレゼントに携えてハンター家を訪れた。女の子は着せ替え人形が好きだとアネットに聞き、おもちゃ屋へ行って人形と着せ替え用の服を数枚買ったのだ。

トリシャの機嫌を取るつもりではなく、ただ人形が話のきっかけになればと願っていた。

玄関のベルを鳴らし、緊張して待つ。今日これからどうなるかは見当もつかない。昨日はケイトの葛藤が見て取れた。もう二度と酒を飲むまいと決め、彼女に許しを求めたのは正解ではなかったのか？

あいにく、それで後悔の念が消えることはなかった。

すでに数分が過ぎたことに気づき、もう一度ベルを鳴らした。だれも出てこない。マックスは顔をしかめてポーチの端へ行った。私道に車がない。たしかケイトは、一時までには戻ると言っていた。渋滞につかまったのだろうか？　連絡しようにも、ケイトの携帯電話の番号は知らない。それに、昨日の別れ際に番号をきくのはためらわれた。

　マックスはもう一度周囲を見まわし、ケイトはまだ帰っていないのだとあきらめたが、だからといってどうすればいいのかはわからなかった。しかたなくぶらんこに腰かけ、揺らした。そうしていると、目を閉じて思い出さずにいられなくなった……。

　ケイトの甘い唇にキスしたこと。

　夏休みで彼女が帰省していた暑い夏の夜、好きだと言ってほしくてたまらなかったこと。あのとき、彼女を口説くこともできたが……。

　今日はこれ以上追想にふけるのはよそう。過去に逃避するより現在に目を向けるほうがいい。自分があれからどれだけ変わったか、わかっているのだから。

　エンジン音がして目を開けると、ちょうど車が私道に入ってきた。マックスは立ちあがった。車のドアが開き、ケイトが運転席から降りてくると同時に、トリシャが後部座席から飛び出してきた。

　トリシャが車の反対側に走っていく。「お祖父《じい》ちゃんのお手伝いする」

　ケイトが娘のあとを追った。「だめ！　お祖父ちゃんにはママが手を貸すわ」そう言って、助手席から降りてきた母親にちらりと目を向けた。「お母さん、トリシャに家の鍵を渡して。そうしたら裏口を開けてもらえるから」

　ベヴがバッグの中の鍵をあさりだしたときには、マックスはポーチの階段に来ていた。それから数歩で私道に着いた。「なにか手伝いましょうか」

「お願い！」ベヴが言うと、ケイトがマックスに顔を向けた。

「大丈夫よ」にべもない言い方だ。

「大丈夫だとは思えないわ」ベヴが言った。「夫がポーチの階段をのぼるのに手を貸してもらえたらありがたいんだけれど」

「喜んでお手伝いしますよ」

ベヴが後部のドアを開けると、トリシャが叫んだ。

「裏口のドアを開けたよ！」

ケイトは車のトランクにまわり、旅行バッグやスーツケースを下ろしはじめた。

マックスが手を貸そうと車の中に身を乗り出すと、ケイトの父親、デニス・ハンターが言った。「私は元気だ。自分で降りられる」

ケイトが急いで歩行器を持ってきた。「お父さん、これを使ってみて」

デニスはぶつぶつ言いつつ車から降り、マックスの手をかわした。だが、ケイトの支えを拒みはしなかった。それから、震えながら歩行器にもたれかかった。すでに手を貸すことをあきらめていたマックスは旅行バッグとスーツケースを持ち、先に立って歩きだした。

「頑固な人だから」ベヴが横に来て言った。

「それに、僕のことが好きじゃないからでしょう」

ベヴは首を横に振った。「いいえ、夫はあなたを気に入っているわ。ただ、今はプライドを保つことがなにより大事なの」

ケイトが父親を家の中に連れていくと、マックスとベヴも裏口から入った。

「荷物は居間の床に置いてちょうだい。今朝、ここを大急ぎでお父さんの寝室にしたの」ベヴが言った。ケイトはすでに、居間にすえられたベッドに父親を座らせている。「さあ、もうわがままはだめよ、あなた。お医者様も言っていたでしょう、最初の一、二週間は用心してくださいって」

デニスがうなるようになにか言ったが、マックスにはよく聞こえなかった。トリシャが階段に腰を下ろしていて、マックスに気づくと恥ずかしそうにほほえんだ。居間では出番がなさそうだったので、彼は娘より低い段に座った。

「君にプレゼントを持ってきたんだ」

トリシャの顔がぱっと輝いた。「ほんと？」

「ほんとだ。ぶらんこの上に置いてきた。取ってくるよ」マックスはポーチへ行き、着せ替え人形の入った袋をつかんだ。だが、家の中に戻ったところでデニスがうれしそうにテレビをつけたり消したりしている姿が目に入った。「娯楽室へ行こうか」

トリシャはうなずき、階段をころがるように下りてきた。マックスは、ソファに座ってプレゼントを開けようと提案した。

トリシャが大急ぎでソファに座ると、マックスはその隣に腰を下ろし、正直に打ち明けた。「なにがいいか秘書に相談したんだ。秘書はきっと、こういうのが好きなはずだと教えてくれた」

袋を受け取るなり、トリシャは中をのぞきこんだ。

「レイチェルだ！」今人気の人形の名前だ。

マックスはにっこりした。「気に入ったかい？」

「うん！」トリシャは彼に抱きついた。

その瞬間、マックスの心臓はとまった。トリシャは柔らかく、温かく、まっすぐに感情をぶつけてくる。あっさりなついてくれるように思える。こちらが娘に心を開きさえすれば。

トリシャはソファからすべりおり、テーブルのところへ言った。「この子にもティーパーティに来てもらわなくちゃ」

ソファに座っていたら仲間はずれになると気づき、マックスは立ちあがってテーブルに近づいた。

「ママは忙しいから、あたしたちでお茶をしましょ」娘は新しい人形の包装をはがした。

マックスは椅子に座った。「それがよさそうだ」

「お祖父ちゃんは病気なんだってママが言ってた」

トリシャの顔が悲しげにゆがんだ。

「お祖父ちゃんはもう病気じゃないよ。よくなったんだ」

トリシャの顔が輝いた。「病気じゃないの？」

マックスは内心うめいた。ほかに言いようもあったのに。だが、今さら取り消せない。「今はね。ただ、お祖父ちゃんは重い病気にかかってた。だから、前みたいにうまく体が動かないんだよ」

トリシャは恐ろしげに目を見開いた。

マックスは不安に胸を締めつけられた。ますます状況を悪化させていないか？　うまく説明しなければ。「お祖父ちゃんの足は歩き方を忘れてしまったんだ。だから、思い出すまで歩行器を使うんだよ」

「そのうち思い出すの？」

「ああ、なにもかも思い出すはずだ」


父親がようやく落ち着くと、ケイトは間に合わせの寝室を見まわし、ひと息ついた。トリシャとマックスの姿は見当たらない。まだキッチンでぐずぐずしているのかと思い、急いで行ってみたが、やはりいない。心臓が早鐘を打ちだした。

マックスが連れていったんだわ！　彼はなんでもあとであやまればすむと簡単に考えている。遊ぶために庭に連れ出したか、自分の家に連れていったか。あの家にはプールがある。今日は暑いから……。

ケイトは居間に駆けこみ、ちょっと出かけてくると両親に告げながら、まだ娯楽室を見ていないのを思い出した。あそこにはトリシャのティーセットがあるし、マックスは娘と仲よくなりたがっていた。

胸の動悸《どうき》がおさまった。つい悪いほうに考えてしまうのは、マックスを信用していないからだわ。

娯楽室の前に行くと、父と娘が小さなプラスチックのテーブルについているのが見えた。そこでトリシャの声が耳に入り、ケイトは足をとめた。「お祖父ちゃんは病気なんだってママが言ってた」

　小さな椅子になんとかおさまっているマックスは、まるで巨人のようだ。「お祖父ちゃんはもう病気じゃないよ。よくなったんだ」

　トリシャの顔がぱっと明るくなった。「病気じゃないの？」

　マックスは困った表情だ。「今はね。ただ、お祖父ちゃんは重い病気にかかってた。だから、前みたいにうまく体が動かないんだよ」

　トリシャの目が大きく見開かれるのを見て、ケイトはあやうく声をあげるところだった。あわてて割りこもうとしたとき、マックスが再び口を開いた。

「お祖父ちゃんの足は歩き方を忘れてしまったんだ。だから、思い出すまで歩行器を使うんだよ」

「そのうち思い出すの？」

　マックスの顔がなごんだ。「ああ、なにもかも思い出すはずだ」

　トリシャが納得したようにうなずくのを見て、ケイトの胸に感謝の念が広がった。子供を怖がらせるのはたやすい。混乱させるのはもっとたやすい。でも、マックスは七歳の子供にわかるような言葉で説明し、娘の不安や恐れを上手になだめた。私ならとてもあんなふうにはできなかっただろう。

　ケイトは娯楽室へ入っていった。「あら、新しいお人形ね」

　マックスがさっと目を上げた。「よけいなことをしたんじゃないといいけど」

「よけいなことだなんてとんでもない。小さな女の子にとってプレゼントはいつだってうれしいものよ。ただ……」ケイトはマックスを軽くにらんだ。「この子のお誕生日はもうすぐなの。だから今はあまり喜ばせないようにしているのよ」

マックスは、わかったというしるしにうなずいた。

ケイトはあいている椅子に座り、トリシャに言った。「お祖母《ばあ》ちゃんはお祖父ちゃんのお世話で大変なの。だから二人でお昼を作ったらどうかしら」

トリシャが目を輝かせた。「スープを作ってもいい？」

「キッチンへ行って、のみたいスープの缶を出してくれる？　でも、温めるのはママよ」

トリシャが不満そうにうなったが、ケイトは首を縦に振らなかった。娘はあきらめて出ていった。

ケイトはマックスのほうを向いた。「ごめんなさい」

マックスが目を合わせた。「なにが？」

彼のブルーの瞳がどれほど魅惑的かを思い出し、ケイトは目を伏せてプラスチックのカップをもてあそんだ。「父が退院したことよ。今日退院できるかもしれないと母がゆうべ言っていたのに、私はうわの空で聞いていたのね。父は順調に回復していて、これからリハビリをすることになっているの。発作の後遺症はほとんどないんですって」

「それはよかった」

「ええ、不幸中の幸いだわ」伝えるのがむずかしいのはここからだ。ケイトはごくりと唾をのみ、意を決してマックスと再び目を合わせた。「つまり、母には思っていたほど私たちの支えは必要ないの」

マックスの眉が上がった。「そうなのかい？」

「ここには三カ月ほどいるつもりだって話したわよね。その間にあなたはトリシャと仲よくなれるって。でも、私たちは近いうちに家に帰ろうと思うの」

マックスの目が鋭く光った。だが、彼は声を荒らげることもなく、ひと言尋ねた。「家はどこ？」

彼なら有能な探偵を使って突きとめられると思い、ケイトは迷わず答えた。「テネシーよ」

「そうか」マックスの声は穏やかで、疑問と失望に満ちていたものの、怒りをおびてはいなかった。

ケイトは思わず彼の手に手を重ねたくなったが、結局膝の上から動かさなかった。「ごめんなさい」

マックスが椅子の上で身じろぎした。「なぜ帰らなければならないんだい？　三カ月間ここで暮らすつもりで手配をしてきたんだろう」

ケイトは肩をすくめた。「仕事があるからよ」

「君はもう働く必要はない。僕の子供の母親なんだから」

警戒心はいつの間にか希望に変わっていて、そのことにケイトは混乱していた。今は穏やかで親切だが、マックスに違う一面があることはわかっている。少し距離を置きたくて、ケイトは立ちあがって彼から離れた。「私は自分の仕事が好きなの」

「つき合っていたころは、専業主婦になりたいと言っていたじゃないか」

「そうね。でも、状況が変わって働かざるをえなくなった。そうしたら働くのが好きだとわかったの」

「僕もそうだ」

「あら」ケイトの知る限り、マックスは明らかに自分の仕事を嫌っていた。家業を継ぎ、倫理観を持たない高圧的な父親の期待に応えることを。

「僕が経営能力を身につけるにつれ、父は手綱をゆるめはじめた。父が亡くなったときには、事実上、僕が会社を切りまわしていたんだ」彼はほほえんだ。

ケイトもほほえんだ。それから気を引き締めた。これこそマックスだ。なにかを手に入れたいとき、相手を魅了する。彼のやり方ならわかっている。

彼女は咳《せき》払いをした。「お父様のこと、お悔やみ申しあげるわ。亡くなったとき、人づてに聞いたの。私、なにも……」連絡も取らなければ、お悔やみのカードも出さなかった。マックスに居場所を知られたくなかったからだ。

「父は暴君だった。だが、母は父を愛していたし、僕は父がなし遂げたことを思って悲しんだ」マックスは肩をすくめた。「それももう二年前のことだ。母も僕も前に進んでいる」彼は椅子から立ちあがった。「ここにいる間にもう一度トリシャに会えたら、あの子ももっと僕になじんでくれると思う。その機会を失うのは残念だ。ただ、君たちのランチのじゃまはしたくないから、今日はもう帰るよ」

午後の約束をしていたことを思うと、申しわけなくなった。「ランチを一緒にどうかしら」

「いいんだ」マックスはケイトと目を合わせた。「誘いはありがたいが、明日また会おう。いや、正確には、明日またここに来てもかまわないかな？」

ケイトはマックスの気遣いに驚く一方で、彼が明日も当然のように訪ねてくる気でいることを知ってショックを受けた。「もちろんよ。午後一時にまた」彼女は用心しながら一歩踏み出した。「明日はちゃんと家にいるわ」

マックスは笑った。「じゃあ明日」

ケイトはそのまま動かずに彼を見送った。玄関のドアが閉まる音に続いて、キッチンから電動缶切りの音がした。待ちくたびれたトリシャが勝手に缶を開けようとしているのかとあわててキッチンへ行くと、母親とトリシャが缶の中身を鍋にあけているところだった。

ケイトは大きなため息をついた。「ああ、びっくりした。トリシャが一人でスープを用意しはじめたのかと思ったわ」

「まさか」母がほほえんだ。「私がいるわ」

「お父さんについていなくていいの？」

母はおどけて目をくるりと動かした。「テレビのショップチャンネルを見たいんですって。好きにさせておくわ」

ケイトは笑い声をあげてから娘のほうを向いた。「ランチの前にレイチェルをしまってきたら？」

トリシャはうれしそうにうなずいて出ていった。

母は一秒もむだにせず、即座に尋ねた。「マックスはどうだった？　トリシャとうまくやれた？」

ケイトはサンドイッチ用のパンを取った。「ええ。感心するくらい。彼がお父さんの病気のことをトリシャに説明しているところにでくわしたんだけど、たいしたものだったわ」

ガス台に向かいかけていた母が足をとめた。「やめてよ、ケイト！　元のさやにおさまるつもりじゃないでしょうね」

ケイトの体はかっとほてった。母は私をそんな愚かな女だと思っているの？「まさか」

「私が言いたいのは、彼がお酒をやめてまともになってもその気はないのかということよ。父親である以上、彼にはトリシャに会う権利があるわ。でも、夫としては最悪よ」

ケイトはトースターのところへ行った。「私の記憶力はそんなにお粗末じゃないのよ」

忘れもしない、両親が節約してためたお金で買い、結婚記念のプレゼントとして贈ってくれたクリスタルの花瓶を、泥酔したマックスが割ってしまったことは。彼はおそらく、花瓶を暖炉に投げつけて粉々にしたことすら覚えていないだろう。花瓶だけでなく、私の心も、二人の結婚も、打ち砕いたことを。

あの夜、マックスが花瓶を割らなかったら、妊娠したことを打ち明けていたかもしれない。けれど、彼は花瓶を割り、私は妊娠を伝える代わりに荷物をまとめた。

そうよ。マックスが夫としてどんなに最悪だったか、私はよく覚えている。

5

日曜日の午後、ケイトはドアを開けてマックスを迎え入れた。「どうぞ」

Ｔシャツとショートパンツという軽装でマックスは玄関ホールに入ってきた。手には袋を持っている。

「またプレゼント？」

「レイチェルの着替えだ。気位の高い彼女はドレスなしじゃ生きていけないはずだって、アネットが言うから」

ケイトは笑った。マックスの魅力に屈するつもりはないが、辛辣な元妻ではいられなかった。この訪問はトリシャのためのもの。母は心配しているけれど、つらい過去を忘れはしない。今度は賢く対処してみせる。

「あの子の誕生日について話していただろう」マックスが言った。「誕生日はここで祝うのかい？」

そのためらいがちな口調にケイトは驚いた。現に心臓が一瞬とまった。マックスが夫として失格だったとはいえ、正当な理由もなく、彼の父親としての権利を奪ったり、重要な情報を隠しておいたりするつもりはない。「ええ。昨日言っておくべきだったわ。私たち、三カ月ではないけど、あと数週間はここにいて、母を手伝うつもりよ」

マックスが安堵《あんど》のため息をつくのを聞き、ケイトは意外に思った。「もっと長くいるように説得しようとしないの？」

「昨日頼んだからね。無理強いはしたくない。それに、僕には自家用機があるから、毎週末にも訪ねていける」マックスは朗らかに笑った。「なんなら君の隣に引っ越すことだってできる」

ケイトは一瞬パニックを起こしかけた。マックスの説得のうまさはよく知っている。いつの間にか、したくないことまでさせられてしまうのだ。彼女は階段に向かって声をあげた。「トリシャ！」

「今行く！」

トリシャが足音をたてて階段を駆けおりてくると、単語を作って遊ぶスクラブルゲームの箱を持ったベヴがすぐ横を通った。「こんにちは、マックス」

「こんにちは、ベヴ」

ベヴは箱を振ってみせた。「一緒にやりたい？」

「それより、ケイトやトリシャとうちのプールで泳ぎたいんですが」

階段のいちばん下まで下りたトリシャが目をまるくした。「プール！　泳ぎたい！」

ケイトは即座に母親モードに切り替わった。「トリシャ、スクラブルをすることになっていたでしょう。泳ぎに行くならタオルと日焼け止めがいるわ。それにあなたの水着を引っぱり出さなくちゃ」

娘は階段を上がりはじめた。「自分でさがす」

「でも――」

居間からケイトの父親の大声が聞こえた。「ああ、行くといい。こんなに暑いんだし、子供にはなにか楽しいことがないとな。部屋の中でお祖父《じい》ちゃんがテレビを見ているのを眺めているなんてだめだ」

父親の口出しに困惑し、ケイトはマックスのほうを向いた。「ごめんなさい」

マックスは忍び笑いをもらしてかぶりを振った。

「愉快じゃないか」

ケイトは居間のほうをちらりと見てからマックスに視線を戻した。「そうかしら、私は前の穏やかな父に戻ってほしいけど」

「医者はなんて言っているんだい？」

「私はここにいるんだぞ！　おまえたちがこそこそしゃべっていることは筒抜けだ」

ケイトはため息をつき、マックスと額を突き合わせるようにしてさらに声を落とした。「脚に力が入るようになれば、また歩けるって」

「それはよかった」マックスがささやいた。

体を引いてマックスから離れるのよ。ケイトは自分に命じたが、できなかった。それどころか、彼独特の男らしい刺激的な香りを吸いこまずにいられなかった。危険なことだとわかっている。でも、彼に本当に惹《ひ》かれているわけではない。マックスウェル・モンゴメリーの欠点なら一つ残らず覚えているのだから。私はただ彼の外見や香りや肉体的な魅力に惹かれているだけ。

女性の心をとらえることにかけては、マックスは犯罪的と言ってもいい。そんな彼に感情的に惹かれてはならない。二度と。なのに、彼の香りをかぎたい衝動すら抑えることができないとは。

マックスがケイトの肩に手をかけ、階段のほうを向かせた。「さあ、水着と日焼け止めを取っておいで。僕がしばらく君のお父さんの相手をするから」

マックスの手の感触に、ケイトは骨まで溶けそうになった。この二年ほど、何度かデートを経験した。だが、交際には至らなかった。今、その理由がわかった。どの男性もマックスの代わりにはなりようがなかったからだ。

ケイトは階段を駆けあがった。苦い経験から教訓を得たはずよ。マックスと親しくなりすぎてはいけない。あれから強くなったと思えても。彼には私を引きつけるなにかがある。それは言葉で説明することもできなければ、抑えこむこともできない。

階段の上にたどり着いたとき、マックスのくぐもった声に続いて父親のしわがれた笑い声が響いた。発作のあと、父はほほえむことはあっても決して声をあげて笑うことはなかった。それが、結婚二年目に入って深酒をするようになってからは憎んでさえいたマックスを相手に、大笑いしている。

ケイトが振り返り、階下を見おろしたとき、ちょうど母親がトレイを持って居間から出てきた。

「なにかあったの？」

母が視線を上げた。「別になにも」

「お父さんが笑っていたわ」

「マックスがくだらないジョークを言ったのよ」母は手を振った。「支度は急がなくていいわ。たまにはお父さんに男同士の時間を持たせてあげて」

長年、妻と娘とともに暮らしてきた父は、いつも男の話し相手を欲してきた。ただ一人の孫さえ女の子なのだ。「そうね」

「せめてマックスが楽しませてくれている間は」

ケイトは廊下を進み、トリシャと一緒に使っている部屋に入った。娘はすでに水着に着替えていた。その目は興奮に輝いている。

ふいにかつての〝魅惑のマックス〟が戻ってきたことにケイトは気づいた。数年前よりさりげない形で。彼は贅沢《ぜいたく》な屋敷や美しいプールを娘に見せ、テネシーに帰らせまいとしている。

泳ぎに行くべきではないのかもしれない。それに、いつまでもマックスに父の機嫌を取らせていてはいけないのかもしれない。あれほどマックスを嫌悪していた父が、すっかり気を許しているようだ。このままでは、私たち母子がテネシーからここに引っ越すのは当然だとでも思いかねない。マックスはその魅力でどんな相手も納得させられるのだから。

ケイトは不安に駆られながら、水着の入っている引き出しに目を向けた。でも、私はもう以前の恋する乙女じゃないわ。

自分にそう言い聞かせると、トリシャに笑顔を向けた。「出かける前に日焼け止めを塗っておきましょう」

トリシャがうれしそうにうなずいた。数分後、日焼け止めをたっぷり塗った娘が部屋を出ていくと、ケイトはビーチバッグに水着と日焼け止めをつめ、マックスに決然とした態度をとるべく階段を下りていった。

居間をのぞくと、マックスがトリシャを抱いているのが見えた。トリシャは彼の首に腕をまわしている。彼が娘の心を完全につかんだのは間違いない。でも、私は大人よ。感情をコントロールできるわ。

家を出ると、マックスが自分のレンジローバーに乗るよう二人を促したが、ケイトは拒んだ。

「私たちは私の車で行くわ。トリシャはまだカーシートを使っているの。それに、そうすれば、あとで家まで送ってもらう必要もないわ」

マックスはケイトの車の前でトリシャを下ろした。

「わかった」そしてレンジローバーに乗りこんだ。

ケイトはいぶかしげに目を細めた。逆らってもおかしくない状況でマックスがおとなしく従ったのは、これで少なくとも二度目だ。もっとも、今回は計算のうえのことだったのかもしれない。友好的にふるまえば、私も気を許すと考えたのだろう。ケイトは鼻で笑った。彼はすぐにがっかりすることになるわ。彼の香りをかいだだけで脚がなえそうになった私が、気を許すことはぜったいないもの。

ケイトはトリシャを後部座席にせきたて、カーシートに座らせてベルトを締めると、運転席に乗りこんで車を出した。

マックスの家に着いたときには、彼はすでにプールサイドにいた。ブルーの瞳を引きたてるブルーのトランクスをはいている。体は引き締まり、筋肉が盛りあがっている。腕も同様に太くたくましい。まるで定期的にジムに通っているかのようだ。そのすばらしい体に端整な顔立ちの魅力が加わり、ケイトは思わず見とれそうになった。

ああ、なんてこと。このままではまずいわ。

トリシャが近づくと、マックスは父親らしいしぐさでごく自然に抱きあげた。ついさっき考えたことなどあっさり忘れ、ケイトは胸がいっぱいになった。これまで父親というものを知らなかったトリシャにとって、今は父親のいることが大切なのだ。

彼が再びお酒に溺れない限りは。そう思ったとたん、ケイトははっとした。マックスのすばらしい外見などどうでもよくなった。うっとりしている場合じゃないわ。彼と距離を置かなければ。

ケイトはプールサイドへ行った。マックスが彼女のTシャツとショートパンツに目をやった。

「まだ着替えていないんだね」

「二分もあれば着替えられるわ」

「ママ！　待ってなくちゃだめ？」

ケイトは、二分くらい待てるでしょと言いそうになって気づいた。いつもなら親は自分一人だけれど、今はマックスがいる。彼がどんなふうに娘の相手をするか、見てみたくなった。

「パパと先に行っていいわよ」ケイトは言った。「ママも水着に着替えてすぐに行くわ」

マックスは腕の中の娘と向き合った。「泳げるのかい？」

トリシャがうなずき、ケイトは誇らしげに言った。「学校で水泳チームに入っているの」

マックスがにっこりした。「ほんとかい？」

トリシャが得意満面でうなずく。すると、いきなりマックスがトリシャをプールにほうりこんだ。ケイトは驚きのあまり心臓がとまるかと思った。だが、続いてマックスが飛びこんだときには、トリシャは水泳選手のように水面に浮かびあがっていた。

心臓が再び打ちはじめ、ケイトはプールのそばの着替え小屋に向かったが、マックスの笑い声を聞いて足をとめた。彼は娘と一緒に水をはね散らして楽しんでいた。濡《ぬ》れた黒髪が日差しを受けて輝き、ブルーの瞳は幸せそうにきらめいている。近くにウオツカのボトルはない。魅了したい女性はいない。私に自分の魅力を見せつけたいとさえ思っていない。

それどころか、私なんて眼中にないみたい。

ありがたいわ。ケイトは着替え小屋に入り、赤いワンピース型の水着に着替えるとプールに向かった。階段のところで足をとめ、爪先を水にひたす。

「おいでよ。プールに入らない手はない」

視線を上げると、マックスが上から下まで眺めまわしていた。それだけでホルモンが活発に働きだし、下腹部が熱くなって胸がうずいた。自尊心がくすぐられ、ケイトは思わずほほえみそうになった。彼は思っていたほど私に無関心じゃないんだわ。

でも、いいことじゃないはずよ。私は彼に引きつけられたくないし、彼を引きつけたくもない。

それなら、なぜ胸がどきどきしているの？

単なる体の反応よ。ケイトは自分に言い聞かせ、過去のつらい出来事を思い出して動悸《どうき》をしずめた。

やがてマックスが立ちあがった。水が滝のように胸を流れ落ち、引き締まった腰を包むトランクスへとそそぎこむ。

ケイトは、今度は口の中がからからになった。そうよ、確かに私は彼に反応している。そして、そのせいで判断力が鈍っている。でも、なんとかできるはずよ。なんとかしなければ。

「ねえ、ママ、飛びこんで！」

ケイトはため息をついた。「あのね、あなたが赤ちゃんのときに水泳を習わせたのにはわけがあるの。ママが水泳が得意とは言えないからよ」

マックスが視線を向けた。「僕が覚えている限り、君の泳ぎは文句なしだった」

かつてはそうだった。五年間ここに住んでいたときは、長い午後をこのプールで過ごしたのだから。

「僕がプールに投げこんだら、無事浮かびあがるほうに賭けるよ」

ケイトは一歩あとずさった。「そんなこと、考えもしないで」

マックスがケイトのほうへ近づいてきた。「十まで数えよう。そのあと、さっきのトリシャみたいにプールにほうりこむ」彼は一歩前に出た。「一」もう一歩踏み出す。「二」さらに一歩。「三」

ケイトの心臓が大きく打ちだした。水にほうりこまれる恐怖のせいではない。マックスの腕がまわされ、抱き寄せられる光景が脳裏に浮かぶ。二人の体が熱くなるのは避けようもないだろう。

「わかったわ！」ケイトは階段を下り、マックスに触れる隙も与えずに水に入ると、ぎこちない泳ぎでトリシャのほうへ向かった。「これでいい？」

トリシャはケイトの首に腕をまわし、大きな音をさせて頬にキスをした。「ボール投げしようよ」

マックスがビーチボールをつかんでトリシャに投げた。トリシャがつかみ、今度はケイトに投げる。三人はしばらくボール投げを楽しんだ。

マックスはケイトから視線を引きはがそうと骨を折っていたが、昔の赤い水着に身を包んだその姿は数々の思い出をよみがえらせた。必ずしもいい思い出ばかりではない。けれど、どれも幸せなころの記憶として心に深く刻まれている。

ケイトはすばらしい妻で、情熱的なベッドのパートナーだった。自分がなにもかもだいなしにしたのだとわかっていても、彼女のやさしさにすがりたくなった。マックスに二度目のチャンスを与えてくれる女性がいるとすれば、それはケイトだった。

だが、二度目のチャンスを与えられる資格がない者がいるとすれば、それは僕だ。

彼女のやさしさに甘えてはいけない。まして、彼女は明らかに僕になにも感じていない。不安以外は。

不安こそ、僕に向けられるにふさわしい感情だ。

三人はしばらくボール投げを続けたが、十分ほどすると、飽きてきたトリシャが水から揚がり、ダイビングボードに向かって走りだした。

「こっち見て！」

ダイビングボードによじのぼる娘を眺めながら、ケイトが言った。「あの言葉に慣れてね。トリシャのお気に入りだから」

マックスはケイトに目を向けた。「〝こっち見て〟が？」

「そう」トリシャを見つめるケイトの顔には愛情があふれている。輝く瞳はまるで二つのエメラルドだ。「あの子は自分の人生のスターなのよ。あの子にとって現実とはリアリティ番組のようなものなの」

周囲の動きが急にスローモーションのようになるのをマックスは感じた。この瞬間を、僕は一生忘れないだろう。自分の娘の母親の愛情あふれる顔を見ているこの瞬間を。僕は娘の誕生の瞬間を見逃した。母と娘の最初の対面の瞬間も。だが今、愛を目の当たりにしたのだ。そのことに気づき、彼は深い感動を覚えた。

僕はケイトに家を出ざるをえなくした。妊娠に独りぼっちで耐えさせた。一人で娘を育てさせた。

〝すまない〟という言葉が出かかって喉につかえた。その言葉ならすでに言った。また同じことを言えば、言葉の重みが薄れてしまう。しかし、たった今マックスは、自分でも思ってみなかったほど強く、心から申しわけなく感じた。

突然水が押し寄せ、トリシャがプールに飛びこんだのだとわかった。娘が口をとがらせて言った。

「見てなかったでしょ！」

マックスはばつが悪くなった。「ごめん」

ケイトが手を振ってトリシャにダイビングボードに戻るよう促した。「もう一度飛びこんで。今度はパパも見ているから」

パパ。そのひと言がマックスの胸を締めつけ、まぶしいほど輝かしいもので心を包みこんだ。僕は崇拝してやまない女性と娘とともにプールにいる。

そんな資格もないのに。

ケイトがマックスの腕をつついた。「今度は見ていてよ。そうでないと、一日じゅうここにいるはめになるわ」

「僕はそうなってもいいよ」マックスは喉につかえた塊をのみこんだ。「本当にすまなかった。あの子の誕生の瞬間に居合わせなくて。妊娠中の君を支えなくて。心から悔やんでいる」

ケイトは唇を舌で湿らせ、顔をそむけた。「あの子の二度目の飛びこみを見逃したら、もっと後悔することになるわよ」

ケイトは明るくジョークにまぎらそうとしてくれたが、マックスは胸がよじれるような痛みを覚えた。彼女は謝罪など求めていない。

もう一度水しぶきがかかり、マックスは目をつぶった。またしてもトリシャの飛びこみを見逃してしまった。

トリシャが水面に浮かびあがった。「見てた？」

マックスは口ごもった。嘘《うそ》をつくのはたやすいが、娘の信頼を損ねるようなことはしたくない。「見たときにはもう飛びこんでた」

「パパったら！」

ケイトが口をはさんだ。「飛びこみは大好きでしょ。だったらもう一度やるのも苦じゃないわね」

トリシャはくすっと笑い、またダイビングボードに向かった。「今度はママを見てないでこっちを見ててね」

クッキーの缶に手を突っこんだところを見つかった子供のように、マックスは真っ赤になった。「ちゃんと君を見ていたよ！」

トリシャは笑い、それからダイビングボードを駆けおりて宙に飛び出し、マックスの前に飛びこんだ。

トリシャが水面から顔を出すと、マックスはケイトと一緒に拍手をした。

「見たでしょ！」

「すばらしかったよ！」ああ、まさに完璧だ。

「もう一回やる」

娘がプールの端に泳いでいくと、ケイトはすばやくマックスのほうに向き直った。「過去を振り返るなと言ったのはあなたよ。だからそうして。あの子と一緒にいるときは。私たちがかかえる問題をあの子に話すのはまだ早いわ。もう少し大きくなったら、パパとうまくいかなくなったから家を出たと説明するつもり。それが真実だから。そしてあの子が大人になったら、ほかの事情も話すわ。でも今は、父親と過ごすあの子の時間を大切にしてやって」

マックスは急に乾いてきた唇を舌で湿した。「わかった。そうしよう。君は僕にすばらしい贈り物を差し出してくれている。もらう資格がないのはわかっているが、僕は受け取りたい。ただ、間違ったことをしているような気持ちをぬぐえないんだ」

「トリシャに本当のことを話さないのは悪いことじゃないわ。いつまでも黙っているつもりはないし。あの子が理解できるようになるまでのことよ」

トリシャが再びプールに飛びこんだ。

水しぶきを浴びながら、マックスは考えこんだ。僕は娘を手に入れた。美しい贈り物を。なのになぜ、ケイトのことが気になってしかたないのだろう？

それは、ケイトと一緒にいると、彼女を失った現実をまざまざと思い知らされるからだ。

この八年間、いつか彼女が自分のもとに戻ってきて二度目のチャンスを与えてくれると信じてきた。だが、今こうして彼女の態度を見る限り、二度目のチャンスなど決してありえない。

6

翌日マックスが到着すると、トリシャは前庭で遊んでいた。彼はメルセデスから降りて歩きだした。

木もれ日が差し、鳥がさえずり、通りは静まり返っている。樫《かし》の木陰の芝生に座ったトリシャは、新しい人形の髪をとかしている。たくさんの人形に取り囲まれ、おしゃべり会が開かれているかのようだ。

「なにをしているんだい？」

トリシャが顔を上げた。「パパ」

マックスの心臓は今回、少し鼓動が乱れただけですんだ。パパと呼ぶ娘の愛らしい声に慣れてきたようだ。トリシャがなついてくれたことで、ケイトの愛を失った心の痛みが少しは癒やされる。

「ママはどこだい？」

「お祖父《じい》ちゃんとお祖母《ばあ》ちゃんと一緒に中にいる」

マックスは娘のかたわらにしゃがみこんだ。「うまくいっているかい？」

トリシャは肩をすくめた。「お祖父ちゃんはオートミールが嫌いみたい」

マックスは笑った。「男はたいていそうさ」

トリシャはもう一度肩をすくめた。「あたし、悲しそうなお祖父ちゃんは見たくない」

「中に入って見てきてあげようか？」

トリシャは大きくうなずいた。マックスは意気込んで玄関に向かったが、ドアの前で立ちどまった。何様のつもりだ？　この家族の救い主か？　彼はせせら笑った。僕はだれのことも救えやしない。そのとき、昨日デニスを笑わせたことを思い出した。デニスは僕になら心を開いてくれるかもしれない。

マックスは大きく息を吸いこみ、ドアを開けた。

「だれかいますか？」

ベヴが言った。「みんないるわよ、マックス」

マックスの視線はおのずとケイトに向いた。ケイトは父親の背中に枕をあてがいながら儀礼的にほほえんだ。「こんにちは、マックス」

そのそっけない態度に、マックスは失望を抑えこんで言った。「やあ」

「トリシャは外にいるの。あの子の相手をしてやってくれる？」

マックスはぎこちなく首のうしろをさすった。

「ちょうどそうしていたんだ。あの子は……」彼は歯をくいしばり、娘との約束を果たそうとデニスのほうを向いた。「あなたのことを心配しています」

「口うるさい二人の女性のこと以外に心配するような問題などない」デニスはベッドの上で身じろぎした。「私はベッドに寝ているより椅子に座っているほうがいいんだ。療法士がそう言っている。歩行器を使って歩く練習をして、ときどきは水を飲みに自分でキッチンへ行くほうがいいそうだ」そこで妻をちらりと見る。「なのに、そうさせてもらえない」

ケイトが驚いたように眉を上げた。「そうなの、お母さん？」

「ええ。だって、メラニーは間違っているわ」ベヴが興奮ぎみに言った。「十日前に心臓発作を起こしたのよ。まだベッドに寝ていなくちゃ」

「そうとも言えませんよ」マックスが言うと、ベヴはじろりと彼をにらんだ。「この数年で医療は飛躍的に進歩していますからね」

部屋が水を打ったように静まり返った。

それから、マックスをかばうように、ケイトが口を開いた。「お母さん、マックスの言うとおりよ。私たちはお父さんに対して過保護になっているわ。心配すればこそだけれど、療法士が歩く練習をしたほうがいいと言うのなら――」

「練習しなくてはいけないと言っているんだ」デニスがうなるように言った。

「それなら、そのとおりにしたほうがいいわ」ベヴがうつむいた。「そうは思えないけど」

「いや、それでいいんだ」デニスが口調をやわらげ、ベヴの手を握った。「おまえを心配させてすまないが、私はよくなってきている」

家族の輪に割りこんだような気がして、マックスはドアのほうを指さした。「外でトリシャの相手をしていますね」

「私も行くわ」ケイトが言った。

二人は一緒にポーチに出た。「すまなかった」

ケイトは大きく息を吐き出した。「ささいなことまでいちいちあやまっていたら、きりがないわ。すまないって言うのはもうやめて」

「それより、家族のことに口を出すのをやめるよ」

ケイトは困惑したようなまなざしをマックスに向けてから目をそらした。「自分に自信を持って。昨日あなたは父を笑わせてくれた。今日は父の味方について私と母が心配しすぎだとわからせてくれた。あなたが口を出してくれてよかったのよ」

マックスは照れくさくなって顎をかいた。「トリシャに約束したからだ」

「そうだったの」ケイトはトリシャを呼んだ。「レイチェルの髪はどう?」

「多すぎる」

トリシャのほうに歩いていきながら、ケイトはマックスに顔を寄せてささやいた。「人形の髪が多すぎるですって。かわいそうに、レイチェルはクルーカットにされちゃうんじゃないかしら」

ケイトの髪の香りをかいで息が荒くなったのをごまかすように、マックスは笑い声をあげた。「また新しい人形を買ってやればいいさ」

ケイトはマックスの手首をつかんで引きとめた。

とたんに熱いものが彼の腕を駆けあがった。彼女が僕に触れた。ごく自然に。結婚していたときと同じように。「だめだめ。欲しいものをなんでも買ってやるのはよくないわ。とくに自分でだめにしたものの代わりを与えるようなことをするのは。あの子はそこから学ばなくちゃ」

ケイトはさらに近寄り、マックスの腕をつかむ手に力をこめた。興奮が胸を締めつけ、血をたぎらせ、燃えるような渇望を体の隅々まで行き渡らせる。マックスはさりげなく彼女から離れた。「そうだね」

ケイトの手が宙に浮き、そのまま数秒が過ぎた。彼女は自分の手を見おろしてから、さっと顔をそむけ、トリシャに向かって駆けだした。

「お祖父ちゃん、もう悲しそうじゃない？」

「さっきより楽しそうよ」

トリシャが口をゆがめた。「お祖父ちゃんはあたしのことが好きじゃないんだと思う」

「お祖父ちゃんはあなたのことが大好きよ！」ケイトは力強く言うと、かがみこんで娘の頭を撫《な》でた。

「お祖父ちゃんが君を好きにならないわけがない。君はそんなにかわいいんだから」マックスも言った。

だが、彼がそばにしゃがみこんだとたん、ケイトはさっと体を起こした。「じゃあ、裏口から入りましょう。こっそり娯楽室へ行けば、お祖父ちゃんもお祖母ちゃんも気づかないわ」

トリシャが三体の人形を腕にかかえると、マックスは残りの三体を集めた。ケイトが先頭に立って裏口に向かい、そのうしろにトリシャ、最後にマックスが続いた。

しかし、その日の午後はどこかぎくしゃくしていた。デニスとベヴは完全な仲直りには至らず、そのせいでデニスは居間のドアを閉めてだれも中に入れなかった。家の中には緊張が漂い、トリシャは落ち着きがなかった。ティーパーティをやりたがるかと思えば、次の瞬間にはテレビを見たがるというありさまだった。

マックスは立ちあがった。「そろそろ帰るよ」

玄関へ向かうと、ケイトがついてきた。「あなたのせいじゃないの。あの子は不安なのよ。この町にまだ慣れていないし、祖父は病気だし」

「今まで知らなかった父親とも対面したしね」

ケイトはまたマックスの腕に手をかけた。デニスのことで頭がいっぱいで、さっきのことも忘れてついそうしてしまったようだ。「それに、昨日も今日もあなたと午後を過ごしたわ。あなたのことが好きだからだけど、ちょっと息抜きが必要なのよ」

マックスはごくりと唾をのみこんだ。ケイトに触れられ、体が反応していた。頭の中では、ケイトに求められていないのだからと自分も彼女を求めてはいけないとわかっているのに、心と体は言うことを聞かなかった。

マックスは一歩下がった。「明日は来ないほうがいいかな？」

ケイトが目を合わせた。「明日はあの子の機嫌も直っていると思うわ」

マックスはため息をついた。「わかった」

ケイトは再び距離をつめ、慰めるように彼の腕に手を置いた。「ほんとよ。今日はたまたまご機嫌ななめだったの」

歓迎されざる欲求がいっきにわきあがった。彼女の髪に指を通したい、顎の線をなぞりたい、肌に触れてその柔らかさを感じたい。八年前には当然だった権利を取り戻したい。そんな衝動にそそのかされるように、マックスはケイトに近づいた。

そのとき、自分のしていることに気づいたのか、ケイトがさっと手を引っこめた。

二人の視線がからみ合った。ケイトのグリーンの瞳に熱いきらめきが宿っているのが見て取れた。

ケイトはさらにあとずさり、マックスは途方にくれたまま立ち尽くした。希望と好奇心が常識と闘い、常識が勝利をおさめた。

ケイトは弱々しくほほえんだ。「また明日」

マックスは息をついた。それまで息をとめていたことにさえ気づかなかったが。「ああ」

三歩でドアまで行き、開け、外に出て、ポーチにたたずんだ。ケイトの瞳に宿っていた熱いきらめきが忘れられなかった。あれは間違いなく欲望だった。だが、欲望だとしたらどうだというのだ？

ケイトはドアの内側に立ち、大きく息を吸いこんだ。大量の酸素が必要だった。マックスに触れてしまった。それも何度も。彼も気づいたはずだ。なのに、礼儀正しくなにも言わなかった。

キッチンへ向かいながら、彼に触れてもなにも感じなかったのだから気にすることはないと自分に言い聞かせた。実際、夕食のときには何度も母親の腕に触れた。同じように娘にも、何度かは父親にも。

当然よ、みんな私の愛する人たちですもの。

いいえ、そうじゃないわ。ケイトは思い直した。私は愛情からマックスに触れたわけじゃない。彼を引きとめようとしただけ。二度目は話を聞いてもらいたかったから。それだけよ。

翌日マックスが電話をかけてきたとき、驚いたことにケイトは胸がどきどきした。昔、デートに誘うために彼が電話をしてきたときのように。

「今日の午後、またプールで泳ぐのはどうかな？」

「さあ、どうかしら……」ケイトは息をついた。彼が相手だと、どうして急に調子が狂いだすの？

「トリシャと君のご両親のためになるはずだ。離れて時間を過ごせば、両方にとって息抜きになる」

その口調からすると、娘への気遣いばかりではないようだ。昨日がぎくしゃくしたまま終わったから、今日はぜひともいい日にしたいのだろう。こちらとしても、彼に関心などないことをはっきり示しておく必要がある。自分の気持ちに確信が持てなくなりつつある今はとくに。「そうね、悪くなさそう」

「よし。じゃあ、二時ごろ来てくれ。楽しい午後にしよう」

　二時五分前、ケイトはマックスを冷たくあしらうよう自分に命じていた。それが無理なら、せめて彼と接してもなにも感じないことを示そう。昨日のことは単なる体の反応にすぎない。たとえ彼に魅力を感じていたとしても、それがふつうなのだ。彼は見るからにセクシーな男性なのだから。それに気づかないほど鈍感ではない。かといって、その魅力に溺れはしない。

　マックスの家に着くと、ごみよけにプールに張っていたネットをはずしているところだった。赤いトランクスをはいたマックスの引き締まった体を見て、ケイトは全身から力が抜けていくような気がした。

　プールに近寄りながら、トリシャの肩に手をのせ、声をかけた。「来たわよ！」

　マックスが振り返り、ネットを置いた。「やあ」

　ケイトは礼儀正しく言った。「お招き、ありがとう」視線が合うと、胃が引っくり返りそうになった。肉体的に引きつけられるのと、彼のあの目に見つめられるのは別のことだ。マックスの瞳は彼の魂へと誘いこむ。この宇宙に女性は自分しかいないような気持ちにさせ……。ケイトは思わずあとずさった。

　トリシャがせがむようにマックスに向かって両手を上げた。「プールにほうりこんで」

　マックスは嬉々《きき》として娘を抱きあげ、プールにほうりこんだ。トリシャが歓声をあげると、マックスについて悩んでいたことはすべて吹き飛んだ。両親と療法士とともに午前中を過ごしたあとでは、トリシャの笑い声が清涼剤のように感じられた。

「プールで過ごすのはいい考えだったわ」

「そうだろう」

マックスのなめらかな声はケイトの中に炎をかきたてた。マックスが完全に更生したとわかるまでは、娘を彼と二人きりにするわけにはいかない。それに、気むずかしい父親と心配性の母親から離れる必要もある。だが今、彼と一緒にいることはもはやそんな単純なことではなくなった。彼を見るたびに胃がざわめき、視線が合うたびに気絶しそうになる。

マックスが勢いよく飛びこみ、盛大にしぶきが上がると、トリシャが笑い声をあげた。彼は娘を抱きあげて深いほうへほうり投げた。トリシャは甲高い叫び声をあげて沈み、また浮かびあがった。

ケイトはサンダルとビーチコートを脱いだ。プールには入らなくていい。私が加わらなくても、二人は楽しんでいる。これ以上マックスの魅力を見せつけられて葛藤をかかえることはない。

「私はしばらく寝椅子に横になっているわね」

水から揚がってダイビングボードに向かうトリシャを見送り、マックスがプールの端に歩いてきた。

「どうしたんだい？」

いかにも心配そうなその口ぶりに、ケイトの脈が再び速くなった。なにか言わなければ。彼が娘を遊ばせている間、しばらく一人になりたい理由なら山ほどある。「別に。ちょっとひと息入れたいだけ。今朝は療法士が来ていて忙しかったの」

マックスはケイトの顔をじっと見てから、仰向けに水に浮かんだ。「確かにひと息入れたほうがよさそうだ。トリシャと楽しむよ」

マックスが水にもぐると、ケイトは安堵《あんど》の息をついた。ところが、彼はすぐに浮かびあがった。

「本でも読むかい？」

ほうっておいてくれない彼にいらだち、ケイトはもう少し強く言った。「ただ目を閉じて、娘の楽しそうな笑い声を聞いていたいだけよ」

意図したより怒りを含んだ高飛車な口調になってしまい、マックスがたじろぐのがわかった。「そうか。それならいいんだ」

マックスが泳ぎ去ると、ケイトは目を閉じた。いやな言い方だったかもしれないけれど、彼から距離を置きたいという願いはかなったのだ。

マックスと娘のおしゃべりが聞こえてきた。「飛びこみ大会をしようか？」

「パパが勝つに決まってる」

「だから尻尾を巻いて逃げ出すのかい？」

トリシャが怒った声を出した。「違う。だってパパのほうが大きいもん」

「ダイビングボードにそんなことがわかるもんか」

ケイトは目を開け、マックスがプールから揚がるのを見つめた。八つ当たりされたのに、彼は何事もなかったようにふるまっている。娘のために。

トリシャが急いであとを追い、それから十五分ほど、父親とさまざまな飛びこみを試みた。二人は楽しんでいた。ケイトがいなくても。むしろケイトがいないほうがいいくらいだった。

ケイトはマックスに本を読みたいかどうかきいてほしくてたまらなくなった。我ながら愚かだと思いつつ、寝椅子から立ちあがり、プールの縁に座って足をぶらぶらさせた。マックスはただ娘と愉快な午後を過ごしたかっただけなのに、私は針鼠《はりねずみ》みたいにつんけんした態度をとってしまった。

父と娘が飛びこみを終えたときには、ケイトはプールに入っていた。

マックスが泳いできた。「調子はよくなった？」

ケイトはブルーの水の表面を手でかいた。「というより、自分がばかみたいに思えるわ。父は順調に回復しているの。母が心配しすぎているだけ。私はただ冷静でいればいいのに」

「少しはしょっているよ。君は元夫と再びかかわりを持つことになり、その元夫は娘の生活に入りこんできた。そのことは大きなストレスになっている」

ケイトは笑った。「自分のことなのに他人事《ひとごと》みたいに話して」

トリシャがプールの縁をたたいて両親の注意を引いた。「おなかすいた」

「トリシャったら！」

「いいじゃないか、娘なんだから。おなかがすいたら遠慮なく言ってほしい」マックスはプールから出た。「チョコファッジとアイスクリームがある。あいにくそれしかないけどね。男は甘いものを買い置きしたりしないから。ただ幸いにも、この家には買い物をしてくれる家政婦がいる」

トリシャがくすくす笑い、家のほうへ走りだした。ケイトは急いでプールの階段をのぼった。「タオルを持って！　トリシャ、濡《ぬ》れたまま家の中に入ったらいけないのはわかっているでしょう！」

トリシャは途中で寝椅子からタオルを取ると、濡れた手足をふいてから腰に巻き、娯楽室に通じるフレンチドアに向かった。

マックスがうしろから声をかけた。「家政婦の名前はミセス・ジェントリーだ。彼女におやつが欲しいと言えばいい」

トリシャはうなずいて家の中に入っていった。

彼は自分のタオルを置いた寝椅子のところへ行った。「君が規則にうるさいのを忘れていたよ」

「規則にうるさい？　濡れた体をふくのは規則じゃないわ。常識よ」ケイトはトリシャのあとに続こうとしたが、マックスが肩に腕をまわしてきた。

ただの親しみの表現だと、ケイトは自分に言い聞かせた。またきつい言い方はしたくない。彼女はマックスの腕から抜け出して体をふき、タオルを腰に巻いた。すると、彼が再び肩に腕をかけてきた。今度は温かいものが体に広がり、それとともに思い出が押し寄せてきた。

「これでいい。二人ともタオルを巻いている」

ケイトは笑い、マックスが現実に戻らせてくれたことに感謝した。だが、フレンチドアの前で彼が立ちどまり、ほんの一瞬ケイトに顔を向けたとき、二人の視線がぶつかった。

そして突然、十二年前に引き戻された。まだ若く、愛し合う喜びにひたっていたころに。

彼の腕から抜け出すのよ。

しかし、二人はそのままそこに立ち尽くした。無言で見つめ合い、これから起こることを待っていた。

こんなことはよくないわ。

「ドアを開けてくれる？」

マックスはじっとケイトを見つめつづけている。

「すぐ開けるよ」

恐れと興奮がケイトの胸に渦巻いた。彼の近くにいるのはよくないとわかっているのに、それでもわくわくした。「なにをもたもたしているの？」

「僕は……」マックスが深いため息をついた。「この八年間、だれも好きにならなかった」

ケイトは驚きのあまり、思わず笑った。「なんですって？」

「僕はだれも好きにならなかった。君のせいだ」

「私のせい？」

「君を心から愛していたからだ、ケイト。君を失って、僕は目が覚めた。だが、君は永遠に戻ってこないとわかっていた。だから、前に進もうとした。必死にだれかを好きになろうとした。けれど、できなかった。僕は自分に言い聞かせた。僕たちは一生に一度の恋をしたのだと。世間一般の愛を超える深い愛で結ばれていたのだと」

あまりにも耳に心地よい言葉だった。だが同時に、危険な言葉だった。「マックス……」

マックスはケイトの両肩に手を置き、自分のほうに向かせた。「存在するのかどうかさえ定かでないもののために長年孤独に耐えたのには、理由がある」彼の手がケイトの手首にすべり、また肩へと上がっていく。その感触はすばらしく、彼女は体を震わせて目を閉じた。「ああ、これだよ」

え？　ケイトはぱっと目を開け、うわずった声で言った。「なにをしているの！」

マックスの答えは痛いほど正直だった。「これがもう一度見たかったんだ」

ケイトは飛びのいた。「私の反応が？」マックスは答えない。ケイトは彼に指を突きつけた。「どうかしてるわ！　二度とこんなことはしないで」

フレンチドアを開けて中に入ったものの、手は震え、脚ががくがくし、自分でも情けなかった。

ああ、なぜ彼に惹《ひ》かれないではいられないの？

7

ケイトはそれからきっかり十五分間、マックスの家にいた。そう、トリシャがアイスクリームを食べおわるまで。それから娘を乾いたタオルでくるみ、大急ぎで帰宅した。

頬が赤らみ、体がほてっている。なんてばかなことをしたの！　もう二度と彼と二人きりになったりしない！

その夜、バスタブにつかりながら、ようやく落ち着きを取り戻した。マックスがアルコールに溺れるようになる前、二人は特別な絆《きずな》で結ばれていた。彼がなぜその絆の強さを試そうとしたのかはわからない。でも、彼が二人の関係を壊したこと、そして自分の心をぼろぼろにしたことはわかっている。もう取り返しがつかない。今度彼がトリシャに会いに来て、私になにかしようとしたら、そう言ってやろう。彼の思い違いを正さなければ。

もしもそうできなければ、訪問を断ろう。彼の魅力に負けてよりを戻すような危険は冒せない。

しかし、それから二日間、マックスはトリシャと午後を過ごすためにスケジュールを調整することができなかった。つまり、私を口説くつもりなどないということだと、ケイトは自分に言い聞かせた。本気で口説く気なら、四六時中私につきまとうだろう。かつて、まだ大学生だった私にそうしたように。

不安の種が一つ減ったことにほっとしたケイトは、次にマックスが訪ねてきたときには愛想よく迎えた。

「どうぞ入って、マックス」

「ありがとう」マックスは明らかにぴりぴりしたようすで周囲を見まわし、自分たちだけだとわかるとケイトと目を合わせた。「その、謝罪の言葉はもう聞きたくないと言っていたけど、この間のことで君にあやまらないといけない。すまなかった」

マックスの端整な顔に浮かんだ誠実そのものの表情がケイトの心を打った。これならいい。こういう率直な感情は、二人の間に引き合う力とは違う……。

ケイトは顔をしかめた。いつから考えが変わったの？　この間までは彼に肉体的に惹《ひ》かれるのはかまわないけれど、感情的に惹かれるのは禁物だった。なのに今は、彼に心を動かされるままになっている。

「わかったわ。もう二度とあんなことをしないのなら」

「もうしない」

それ以上マックスがなにか言う前にトリシャに割りこんできてほしくて、ケイトは二階に呼びかけた。

「ハニー、パパが来たわよ」

トリシャがはずむように下りてきた。「パパ！」

マックスが娘を抱きあげた。「やあ、トリシャ。ティーパーティをしようか？」

マックスのあとに続いたケイトは、廊下の途中で迷った。このまま娯楽室へ向かうか、それともキッチンへ行くか。これまでの彼のふるまいは申し分ない。となれば、これ以上二人のそばにいる理由はないだろう。「トリシャを娯楽室へ連れていって。私は新しいレシピを試しているところなの。療法士が父のコレステロール値を下げるレシピを教えてくれたのよ。用があったらキッチンに来て」

「一緒に来ないのかい？」

「ええ」説明する必要はないだろう。

「わかった」マックスの返事を聞くと、ケイトはキッチンに入っていった。

キャセロール料理を準備してしまうと手持ち無沙汰になり、カウンターの上を軽く指でたたきはじめた。ちょっと二人のようすを見に行って……。そう考えたとたん、動揺した。マックスに心を奪われたらどうなるかはわかっている。あんな思いは二度としたくない。彼はトリシャと楽しんでいる。彼を監視する必要なんてない。そう、彼の父親のように。

ブランドン・モンゴメリーのことを思い出すと、落ち着かなくなった。マックスの父親ほど威圧的な人物はいなかった。あんなふうにマックスに接したくない。ケイトはテーブルの前に座り、療法士がベヴに渡したレシピに目を通していった。

トリシャのはしゃいだ声が聞こえ、二人はまだ娯楽室にいるとわかった。心配することはなにもない。そもそもマックスには娘と二人きりで過ごす権利がある。娘のためだからと、元夫婦が一緒に過ごさなくてもいいのだ。

実際、マックスがトリシャの相手をしている間、ケイトは自分の時間が持てた。なんでも好きなことをする時間。たとえば、読書。わずか十分の読書時間さえ持てなくなってからどれくらいたつだろう？ここに来てからは本を開いてさえいない。

ケイトは立ちあがり、階段に向かった。ナイトテーブルに二冊置いてある。どちらでもいい。

しかし、通りすがりに居間をのぞくと、父親の姿はなかった。ケイトは立ちどまった。おかしい。いつも父親のそばにいる母親もいない。

フロントポーチのぶらんこにいるのかと思い、見に行ってみたが、そこにもいなかった。

ケイトは眉をひそめた。裏のポーチかしら？キッチンに戻り、裏口からポーチに出てみたが、やはりだれもいない。

そのとき、娯楽室からまた甲高い声が聞こえた。

「お祖父《じい》ちゃん、そんなことしちゃだめ！」

ケイトはくるりと振り返った。両親は娯楽室にいるの？　マックスは帰ってしまったのかしら？

急いでキッチンを飛び出したケイトは、娯楽室のドア口でいきなり足をとめた。小さなプラスチックの椅子に両親が座り、マックスとトリシャは子供用のスクラブルゲームで遊んでいた。

父親が最初にケイトに気づいた。「ケイト」

ケイトは部屋の中に入った。「ここにいたのね」

「トリシャの一人勝ちだ」

「そうなの」意外だった。マックスが娘を勝たせる技を心得ていたことだけでなく、両親が彼と一緒にいてくつろいでいることが。まるで家族のように。

スクラブルゲームは好きだが、マックスのそばにはいたくない。彼と距離を置くことで、今の状態をなんとか維持しているのだ。

ケイトはドアのほうを身ぶりで示した。「私はキッチンに戻るわね」

母親が顔を上げもせずに言った。「わかったわ、ハニー。お料理、頼んだわね」

マックスはゲームに夢中になっている。ケイトはドアの前で足をとめた。ああ、もう。私だってスクラブルをしたい。ここにいたい。

だが、それはできなかった。

ケイトが出ていくのを見ながら、マックスは妙に胃が締めつけられるのを感じた。彼女がここにいたがらない理由はわかっている。この間、彼女に触れたからだ。僕と同じ部屋にいるのはよくないと思っているのだろう。

マックスは立ちあがった。「キッチンでなにか飲んでくるよ。ほかに飲み物が欲しい人は？」

〝いい〟とか〝いらない〟という三者三様のつぶやきが、ドアを出ていくマックスの耳に届いた。

キッチンの入口でマックスはためらった。テーブルにはレシピが散らばっているが、ケイトは窓辺に立ってぼんやりと外を見ている。彼は中に入り、冷蔵庫に近づいた。「ジュースをもらおうと思って」

ケイトは振り返った。「ああ、どうぞ」

娯楽室に来てゲームに加わらないかと誘うのは、ケイトをよけいみじめな気持ちにさせるだけだろう。グラスを取ってジュースをついだマックスは、どうしたものかとしばらくそこにたたずんだ。それから来週の火曜日はトリシャの誕生日だったと思い出した。ケイトがパーティを開くようなことを言っていたが、この小さな家におおぜいの女の子たちがおさまりきるものだろうか。

「ちょっと考えたんだが」

ケイトはレシピに気を取られているふりをして目も上げず、テーブルについた。「なにかしら？」

「トリシャの誕生日まであと数日だ。うちは広いし、プールもあるし、家政婦もいる。うちでパーティを開いたら君もお母さんも楽なんじゃないかな」

ケイトがゆっくりとマックスに視線を向けた。

「確かに楽だと思うわ」

「子供たちはプールで泳げるし、片づけは家政婦がやってくれる。だから、パーティを日曜日の午後に変更してうちにみんなを招待したらどうかな？」

「招待状はもう出してしまったの」

「リストをくれ。そうしたらアネットに頼んで、みんなに電話をかけてもらう」

　ケイトが舌で唇を湿らせるのを見て、マックスの心臓はとまりそうになった。欲望ではなく、希望をかきたてられたからだ。ケイトとうまくやっていきたかった。彼女をこれ以上傷つけたくなかった。

「いいわ」

　その返事にほっとするあまり、マックスはジュースのグラスを取り落としそうになった。「そうか、よかった。さっそくアネットに手配を頼むよ」彼はキッチンから出ていこうとして振り返った。「一緒にスクラブルをやらないか？」

　ケイトがレシピから目を上げ、視線を合わせた。

「昨日ばかなことをしたのは反省しているよ。君はゲームに加わらないことで僕を罰しているように思えるんだが」

「マックス、私たちは、その……あまり親しくならないほうがいいんじゃないかしら」

「なぜだい？　むしろ仲よくすべきじゃないかな」マックスはほほえんだ。「ただし友達として。約束するよ。もう君に触れたりしない。この小さな家で僕たちが顔を合わせないようにするのは無理がある。だとしたら、仲よくするしか道はない」

　ケイトは一瞬ためらった。「わかったわ」

「よし」

　出ていくマックスを見送りながら、彼への肉体的な欲求が思いがけずもっと深い気持ちに変わっていることに気づき、ケイトはとまどった。彼に恋しているわけじゃないわ。恋に憧れているだけよ。

　そう、ただの憧れ。本気で望んでいるわけでもなければ、欲しているわけでもない。

　トリシャがこの近所で仲よくしている女の子は八人だけだったので、バースデーパーティの予定を変更するのは簡単だった。

　パーティ当日、マックスはキッチンに立ち、ケイトが司令官のように指示を出すのを聞いていた。ミセス・ジェントリーに果物と野菜とチーズの盛りつけをまかせ、母親にパティオの飾りつけを頼むと、ようやく彼女はマックスのほうを向いた。

　二人の出会いを思い出させるグリーンの水着の上にレースのビーチコートをはおったケイトは、マックスを指さした。「あなたは救助係ね」

　マックスはすでに濃紺の水着に着替えていたが、八人の少女がわめきながら腕にしがみついてくるところを想像し、あんぐりと口を開けた。「僕？」

「だって、ここはあなたの家ですもの」

「わかった。ただ、子供のパーティには出たことがないから、慣れるのに少し時間がかかりそうだ」

　ケイトがほほえむのを見て、マックスは心臓が破裂しそうになった。単なる親しげな笑みだったが、結婚当初に引き戻されたような気がした。二人が愛し合っていたころに。

「すぐ慣れるわよ」ケイトはリストに目を戻し、次の指示を出すべく娯楽室を通ってパティオに向かった。「お母さん、飾りつけは進んでる？」

　マックスはあまりにこにこしすぎないように努めた。ケイトは仲よくするという二人の約束を守っているにすぎない。それがわかっていても、彼はうれしかった。

　ミセス・ジェントリーがにじり寄ってきて言った。「すてきですね」五十代のこの家政婦は白髪を赤く染め、いまだにデニムのミニスカートを好んではく。

「なんだって？」

「お二人が仲よくなさっているのを見て、感動しました」家政婦がマックスをじっと見つめた。「過去を乗り越えられたんですね」

「この前、二人で話し合って、友人としてつき合っていこうと決めたんだ。だからそうしているだけさ。ケイトにとってはなにもかも娘のためなんだよ」

ミセス・ジェントリーが眼鏡の縁越しにマックスを見あげた。「本当にそう思っているんですか？」

「ああ」

「まあ、すてき」

マックスは家政婦をにらんだ。「その言葉を使うのはやめてくれないか？」

家政婦はカウンターに戻り、また果物と野菜とチーズをトレイに並べはじめた。「なぜですか？」

「君は僕たちの間のことをすべて知っているわけじゃないからだ。新しいケイトには僕は必要ない。彼女は賢くなったんだ」

「なるほど」

マックスはうめいた。「今度はなんだい？」

「あなただって、彼女が結婚した男性とはぜんぜん違います。お二人とも過去にこだわるのはやめて未来に目を向けられては？」

マックスはかぶりを振りながらキッチンを出た。だが家政婦の言葉は、じゃれつく子犬のように彼にまとわりついた。過去にこだわるのをやめて未来に目を向けたらどうなるだろう？　もしも今出会ったのだとしたら、ケイトはあんなにまで意固地に僕に惹かれまいとするだろうか？

外に出てケイトの背後に近づいていくと、彼女がさっと振り返った。死ぬほど驚いたかのように。マックスはすまなそうにほほえんだ。「ごめん」

「大丈夫」そう言いながら、マックスの胸に向けられた目は熱っぽく潤んでいる。

マックスの中で小さな花火がはじけた。いけないと思いつつも、ケイトはまだ僕に惹かれているようだ。望みがまるでないわけではないのかもしれない。そう考えてから、すぐに否定した。ミセス・ジェントリーにばかげた考えを吹きこまれてしまった。僕が触れたときのケイトの反応を見たじゃないか。彼女は怒って……。

いや、怒ったのは、うっとりしたように一瞬目を閉じたあとのことだ。

だめだ、こんなことを考えてはいけない。ケイトは僕とよりを戻したいなんて思ってはいない。ミセス・ジェントリーの楽天主義に毒されてだめだ。今日は約束どおり、デニスをパティオの椅子に落ち着かせ、内心やきもきするベヴをなだめ、さらに、騒ぎたてる八人の七歳児の相手を務めなければ。

最初の子供が到着した。ベサニー・マーティンだ。特大のプレゼントをかかえた少女は、トリシャに駆け寄った。「お誕生日おめでとう」そしてプレゼントを渡した。

トリシャはそれを外のテーブルに置いた。振り返ると今度はサマンサ・リヴァーズが立っていた。サマンサがにっこりし、プレゼントの箱をトリシャに差し出す。ベサニーのより小さい。

トリシャは箱を振った。「レイチェルの服？」

サマンサは笑っているだけだ。ケイトはあわてて割りこんだ。「プレゼントを振ったり、中身がなにかきいたりしちゃ失礼よ」そう言うと、サマンサとトリシャを果物を並べたトレイのほうへ促した。

「ほかの子たちが来るまで果物を食べていて」

言いおわらないうちにジニー・ジョンソンが駆けてきた。「トリシャ！」少女は鮮やかな包み紙で包装された箱をトリシャに渡した。

そのうしろからジニーの母親のヘザーがやってきてサングラスをはずした。「こんにちは、ケイト、ベヴ、デニス……」そこで視線がマックスに向けられた。「マックス。お招き、ありがとう」

マックスはケイトがなにか言うものと思った。ところが、ケイトは目を細めてヘザーを見つめているだけだ。彼は急いで言った。「どういたしまして」

ヘザーは薄手のタンクトップとうんと短いショートパンツという姿で、ブロンズ色に日焼けした肌をあらわにしている。手の動きに合わせ、いくつもつけたゴールドのバングルがじゃらじゃら鳴る。ヘザーはサングラスのつるを噛《か》みながら、ささやくような甘い声で言った。「うれしいわ」そして、恥ずかしげもなくマックスを眺めまわした。

マックスが居心地の悪さを感じる間もなく、ケイトがヘザーに腕をからませ、くるりと向きを変えさせた。「ジニーを連れてきてくれてありがとう」そのまま前庭から私道へと連れていく。「きっと楽しんでもらえるわ。パーティが終わるのは四時よ」門を開け、ヘザーを押し出す。「またそのときにね」

ケイトがプールのほうに向き直ると、子供たちは大はしゃぎしていた。デニスとベヴは自分たちのことで忙しい。だが、ミセス・ジェントリーとマックスはじっと見ていた——嫉妬に燃えるケイトを!

ケイトは真っ赤になってプールサイドへ行き、子供たちが脱ぎ捨てたビーチコートを拾いあげた。

マックスが近づいてきた。「大丈夫かい?」

ケイトはにっこりした。「ええ。どうして?」

「ヘザーを追い払わんばかりだったから」

「追い払ってはいないわ。子供たちの親までいたら窮屈だと思っただけよ」そう言いながらマックスのほうは見ない。この話をしたくないのは明らかだ。

さらに三人の子供が到着した。ケイトは嬉々《きき》としてプレゼント用のテーブルに案内し、親を帰した。それが当初からの計画だったように。だが、マックスは内心疑っていた。

ケイトは母親たちに嫉妬し、それを隠そうとしているのだ。僕の目は節穴ではない。つまり、彼女はまだ僕に惹かれているということだ。胸が締めつけられるような甘美な希望がわきあがった。

　そのとき、ケイトが手をたたいて子供たちの注意を引いた。「さあ、みんなプールで泳いでいいわ」そこでマックスを指さす。「トリシャのパパが救助係よ。だから言うことをよく聞いてね」

　八人がこっくりとうなずいた。まぶしい日差しが子供たちの水着の色をより鮮やかに見せている。空は青く晴れ渡り、そよ風がフェンス沿いに植えられたアザレアを揺らしている。

「オーケー」ケイトは背を向け、家に向かった。胸を張り、不自然なほど明るい笑みを浮かべて。

　マックスはこらえきれずに笑いだした。彼女は僕が好きなんだ。そしてそれを隠せない。

　少女たちは泳ぎだした。ほぼ全員、泳ぎがうまい。マックスは近くの寝椅子に腰を下ろし、笛を膝の間に垂らした。少女たちは歓声をあげて水に飛びこんではまたダイビングボードに向かっていく。

　平和だった。トリシャとその友達を見ているのは楽しかった。父親であることがうれしかった。生物学的に父親であるというだけでなく、積極的に子供とかかわる父親であることが。八年前には味わえなかった感覚だ。だが、今味わっている。マックスは心からくつろぎ、幸せだった。

　さっきわきあがった希望はまだ消えず、考えずにいられなかった。もしも二人がよりを戻したら……。

　そこで考えるのをやめた。失ったものに気づくのと、取り戻したいと願うのはまた別の話だ。ただ、ケイトが今も僕に思いを寄せているとわかった以上、元のさやにおさまるという考えはもはや漠然とした願いではない。彼女を口説き、取り戻そう。

　そう思ったとたん、心臓が凍りついた。この八年間に抱いた中でも最悪の考えだ。僕は変わった。しかし、ケイトも変わったのだ。以前は夫に盾つくことなど一度もなかった彼女が、パイン・ウォードを去り、仕事を見つけた。自活し、娘を一人で育てられたのは、それだけの能力があればこそだろう。〈モンゴメリー開発〉よりは規模が小さいとはいえ、今や建設会社のプロジェクト・マネージャーだ。

よりを戻すとしても、新しい関係を築かなければ。二人の独立した人間として。改めて一からやり直すのだ。

マックスは顎をさすった。一からやり直す？　妻と子供と？　今、僕の人生は順調だ。だが、結婚生活はひと筋縄ではいかない。そこにトリシャが加わるとなればなおさらだろう。かつて瓶の中に押しこめられたような圧迫感を覚えていたことを思い出す。さらに悪いのは、新しいケイトを好きかどうか確信が持てないことだ。今の彼女への感情は、幸せな思い出の名残でないとは言いきれない。

デニスがそばに寄ってきた。「楽しんでいるかね？」

デニスはマックスの表情からなにか読み取ったに違いない。しかし、元義父に自分の考えを話すわけにはいかなかった。「座っていなくていいんですね！」

デニスは笑ってマックスの隣の寝椅子に座った。「いや、椅子を取り替えに来ただけさ」

ベヴが夫の頭のうしろに枕をあてがった。「お日様を浴びるのは体にいいから」

過保護な妻にはかなわないというように肩をすくめるデニスを見てから、マックスはベヴに向かって作り笑いをした。「日光はいいですよね」

「ホットドッグを焼く準備をするのなら、子供たちは私たちが見ているぞ」デニスが笑顔で言った。

ベヴがあえいだ。「あなたに救助係なんて無理よ！」

デニスがあっさり言ってのけた。「おまえがいるじゃないか」

「わ、私は……」

デニスは妻をあわてさせて楽しんでいるだけだとわかっていたので、マックスはなにも言わなかった。

「妻は赤十字の認定を受けている。心配はいらない」マックスにそう言うと、デニスは妻をちらりと見た。「大丈夫、どこにも行きはしないさ。おまえは好きなことをするといい」

ベヴは、いかにも熱心に少女たちを監視するように隣の寝椅子に腰を落ち着けた。「そうしますよ」

マックスは立ちあがった。「よかった。それじゃ、グリルの準備をしてきます」彼は笛をベヴに渡すと、居心地よさそうに座っているデニスを見ながら歩き去った。二人が愛し合っているのは間違いない。デニスは妻の気持ちを傷つけることなく、自分のささやかな平安を手に入れたのだ。

マックスはキッチンへ行った。「ホットドッグはどこだい？」

ケイトが目を上げて息をのんだ。「子供たちはだれが見ているの？」

「君のお母さんだ」

ケイトは目を見開いた。「だれが父を見ているの？」

マックスは苦笑した。「だれも。それがお父さんのねらいだったんじゃないかな」

ケイトは顔をしかめた。「それはまずいわ」

「大丈夫だよ」グリーンのビキニの上にレースのビーチコートをはおったケイトはセクシーだった。たちまち欲望がわきあがり、息苦しくなる。よりを戻すべきではないもっともな理由があるというのに、自分を求めていることを彼女に認めさせたくてたまらない。

しかし、そのとき、自分がいかにだめな夫であったかを思い出し、この新しいケイトのことはなにも知らないと気づいて、欲望に歯止めをかけた。二度と彼女を傷つけたくない。同じように、自分も傷つきたくはない。たぶん、彼女が嫉妬などしていないふりをしているのは正しいのだろう。

マックスはあたりを見まわした。「それで、ホットドッグはどこだい？」

「冷蔵庫の中よ」ケイトは早口で言った。

ケイトの心臓は大きく打った。マックスは彼女のそばまで来ると戸棚を開けた。マックスの腕が肩をかすめ、ビーチコートの薄い生地越しに確かに彼の感触を感じた。だが、彼がケチャップを取り出すと、鼓動は元に戻った。それから彼の腕が視界をよぎり、胸が近づくのがわかった。

彼は私に触れようとしている。

心臓が再び激しく打ちだした。欲望が押し寄せてくる。なんていまいましい！　二人の結婚があんな不幸な形で終わったのに、どうして彼に惹かれなくてはならないの？　彼とよりを戻したいなんてこれっぽっちも思っていない。それならなぜ、どうしようもなく彼に惹かれてしまうの？

理由なんてわかりっこない。肝心なのは、私が自分を抑えられないということ。

混乱しているかもしれないけれど、私は強いはずよ。彼がなにをしようとしても、抵抗できるわ。二人がこんなに近くにいて、私の息が乱れていて、明らかに彼のほうが有利に立っている今も。

マックスをはねつけようと、ケイトは気を強く持った。しかし、マックスはさらに近づくどころか、彼女から離れた。そして、冷蔵庫のほうに歩いていった。「みんなとても楽しそうだよ。外に出て見てみるといい。おもしろいよ」

ケイトは眉をひそめた。「私がここにいないほうがいいの？」

「一緒にパーティを成功させようよ」

腑《ふ》に落ちないまま、ケイトはマックスを見つめた。

「だから私はここにいるのよ。まだいろいろと準備があるから」

「わかった」

こちらは少しもわからないが、マックスの言い方を聞いて背筋がぞくりとした。かつての彼は、甘い言葉でまるめこむのが得意だった。そのことを思い出し、ケイトは不安になった。息が震え、体がこわばる。違う男性に惹かれているかのように、二人の結婚生活の問題などきれいさっぱり忘れてしまいそうだ。それに気づくと、ますます不安になった。

ケイトはポテトチップスに伸ばしかけていた手を下ろした。二人の結婚生活の問題を忘れる？　いったいここでなにが起こっているの？

彼女はマックスに顔を向けた。「でも、準備はあとでもいいわ。子供たちを見に行きましょう」そして、返事を待たずに外に走り出た。熱い日差しが照りつけ、頭がくらくらした。ほんのつかの間とはいえ、どうして二人の間の問題を棚上げできるなんて思ったのかしら？　どうかしているんじゃない？

そうよ、どうかしているんだわ。自分を手ひどく傷つけた男に惹かれるのは愚か者だけよ。

二人の結婚生活を思い出さなければ。一人で過ごした夜を、守られなかった約束を、割られた両親の花瓶を。そして、彼の怒りや嘘《うそ》を。

マックスがホットドッグをグリルに持ってきたときには、ケイトは冷静さを取り戻していた。彼がソーセージを焼く間も、欲望がよみがえるのではないかと心配する必要はなかった。つらい過去の記憶が欲望を封じこめるだろうから。

パーティが終わると、二人は残った食べ物をまとめ、ケイトの車に積みこんだ。ケイトは感謝しながらも、気をゆるめることはなかった。マックスがトリシャをカーシートに乗せてベルトを締め、額に軽くキスをした。前にはしなかったことだ。

ケイトはせつなさに胸を締めつけられ、トリシャがマックスに愛らしくほほえみかけると、温かいものが心に広がるのを感じた。

私のかわいい娘は父親を慕っている。

涙があふれそうになった。マックスが車の前をまわってケイトの横に来ると、そっとささやいた。

「今のを見たかい？」

とっさにマックスを遠ざけるために否定の言葉を口にしようとした。そのとき、彼の香りが漂い、ケイトはうっとりして目を閉じた。甘美な渇きが体を駆けめぐる。そこには二人がかつて共有していた感情だけでなく、なじみのないほかの感情もあった。名づけられないなにか、間違っていると思えるなにかが。

ケイトはその感情と闘い、一歩あとずさって車のドアを開けた。「それじゃ……」次の訪問についてはまだ決めていなかった。

マックスはドアをつかみ、のんびりと言った。

「また明日」

マックスのブルーの瞳は幸せそうに輝いている。娘を愛しているのだ。ケイトはふいに自分の心を占める感情がなにか悟った。昔、彼のこんな表情を見たいと願っていたのだ。結婚したときからわかっていたから。彼はすばらしい父親になると。

今、彼はすばらしい父親になった。でも、遅すぎる。トリシャにとっても、私にとっても。妻として、子供を愛する夫を持つ幸福感に酔いしれたいと思っていたのに。

ケイトが車に乗りこむと、マックスが彼女の手をつかんだ。「ありがとう」

ケイトはなんとか彼と目を合わせた。「パーティのこと?」

「僕も仲間に入れてくれたことだ」

「トリシャのためよ」

「そうだね。だが、僕もパーティを満喫した。だから、ありがとう」

ケイトはマックスの目を見つめた。過去を忘れ、ともに子供を愛する親のふりをするのは簡単だった。この瞬間を楽しんでいるふりをするのは。だが、過去は消せない。この男性に何度も苦しめられたのだ。思い出すのもつらい。

ケイトは手を引き抜いた。「また明日」

マックスが下がると、ケイトはドアを閉めた。そこで、またしても彼が一度も異議を唱えなかったことに気づいた。

ハンドルをつかみ、かぶりを振った。それがどうだっていうの? 二人の結婚生活は終わった。私たちの間には、忘れるには悲惨すぎる過去がある。

8

「今までにいちばん楽しかった」

トリシャのボウルにシリアルを入れながら、ケイトは笑った。娘はバースデーパーティのことを言っているのだ。「そうだったみたいね」

「もう一回やりたいな」

うわの空で聞いていたケイトはきき返した。「なにを? パーティを?」

「お友達とパパの家に泳ぎに行きたいの」

ケイトは冷蔵庫から牛乳を取り出しながら、昨夜感じたことを思い出した。娘に対するマックスの温かい愛情を目の当たりにして、胸が締めつけられたのだ。だがすぐに、彼とのみじめな結婚生活を思い出し、差し引きゼロになった。マックス・モンゴメリーとよりを戻す気はない。彼は世界一ハンサムな好人物で、惹《ひ》かれてしまうのはしかたないけれど、私ならその魅力にあらがえる。

ただ、彼は明らかに、子育てに参加する父親であることを楽しんでいる。彼が本当に父親の役割を果たしたいなら、トリシャの遊び友達を紹介するいい機会かもしれない。それに、一人一人を引き合わせるより、いっぺんに会ったほうがいいだろう。

「みんなでプールで遊ぶのはいい考えかもしれないわね。パパにきいてみましょう」

そこへベヴが入ってきた。「だれになにをきくんですって?」

「お友達をパパのプールに連れていきたいの」

「昨日行ったじゃないの」

トリシャがにっこりした。「また行きたいの」

ベヴが笑った。心から楽しそうに。デニスが発作を起こしてから初めてのことだ。

「今朝は気分がよさそうね」ケイトは言った。

「ええ」ベヴはコーヒーポットのほうへ行った。「私たちも昨日は楽しかったわ」

その言葉を裏づけるように、デニスが歩行器にもたれて入ってきた。「おはよう」

「お父さん!」

「お祖父《じい》ちゃん!」

デニスはトリシャの隣に座った。そこがお決まりの席のように。ベヴが夫の前にコーヒーを置いた。

「私のオートミールはどこかね?」

トリシャはあっけに取られたように口を開け、ケイトは笑った。昨夜、両親の間でなんらかの協定が結ばれたのは明らかだ。服を着て朝食をとりにキッチンへ来ることは父の願い、オートミールを文句を言わずに夫に食べてもらうのは母の願いだった。

「すぐ持ってくるわ、お父さん」

そのあとの朝食は、ケイトとトリシャがこの家に来て以来、最も楽しいものだった。食事がすむと、デニスは娯楽室でアニメを見ようとトリシャを誘った。トリシャはいそいそと祖父についていった。

ケイトは母親のほうを向いた。「どんな協定を結んだのか知らないけど、お父さんはご機嫌ね」

ベヴは食器を食洗機に入れはじめた。「昨日プールでみんなが楽しそうにしているのに、お父さん一人暑そうな格好で椅子に座っていたわ。それを見て、自分がどんなに愚かだったか気づいたの。不安だったのよ。お父さんにワークシャツを着せてジーンズをはかせたところで、安心なんてできない。でもそれは、ベッドに寝かせていたって同じこと」

「すばらしい考えだわ」

「ええ。メラニーが……」母は療法士の名を口にした。「大喜びするわね」

ケイトが笑い声をあげたとき、電話が鳴った。

「もしもし？」

「やあ、ケイト。僕だ」

マックスだわ。彼の声を聞いただけで胸が苦しくなった。しかしすぐに、彼のもとを去った夜のことを思い出し、平静を取り戻した。「どうしたの？」

「今日はトリシャに会えなくなった」

ケイトがシンクのほうへ行くと、話が終わったら食洗機のスタートボタンを押すよう身ぶりで伝えて母が出ていった。

「困ったわね。あの子、あなたのところのプールに友達を招待したがっているの」

「昨日みたいに？」

「プレゼントとホットドッグは抜きでね」

「なんとかなると思うよ」

マックスがすぐに承諾したことに、ケイトは驚いた。「あの子、小躍りするわ」

「よかった。実は僕もお願いがあるんだ」

もちろんそうでしょうよ。そうでなければ、こんなにあっさりこちらの要求をのまないはずよ。

「金曜日に記念式典に出てテープカットをしないといけないと、アネットが思い出させてくれた」

蛇口に伸びかけたケイトの手がとまった。単なるお願いじゃすまないわ。公式行事よ。「そう」

「君が華やかな場を嫌っているのは知っている。だが、ぜひともトリシャに出てほしいんだ」マックスは少し間を置いた。「僕の母も出席する」

「まあ」

マックスが笑った。「君と母は親友というわけじゃなかったものな。ただ、母は変わったよ」

「ほんと？」

「ああ。父が亡くなってから僕たちの生活は激変した。それにこれは、母をトリシャに会わせるまたとない機会だと思うんだ」

かつての感情がよみがえった。完璧を求められる重圧感や、何時間も笑顔を作りつづける苦痛だけでなく、マックスの空疎な言葉をそばで聞いていなければならない胸の痛みまで。〝魅惑のマックス〟は妻にも望まないことを強いたのだ。

「君の気持ちもわかる。結婚していたとき、僕の仕事上のつき合いは君にとって苦行だったからね。もっとプライベートな場で母をトリシャに会わせたほうがいいというのももっともだと思う」

ケイトはごくりと唾をのみこんだ。彼は折れようとしているの？　うまく説得することもできるのに、そうしなかったのはこれで四度目だわ。「考えてみると言ったらどうする？」

「数日の猶予はある。遅くとも金曜日の二時までにはノースポイントに着きたい」

「ニューヨークの？」

「ああ」

「じゃあ、飛行機で行くのね？」

「そうだ」マックスは言葉を切った。「せっかくならテープカットのことなんか忘れて、土曜日に子供たちをプールに招待する時間を決めたほうがいいんだろうな。君は子供たちに電話して、僕は母を招待する。トリシャがもう一人の祖母に会うにはそのほうがずっと気楽なはずだ」

「それでトリシャは、自分の父親が建設したビルの完成を祝ってテープをカットするところを見逃すの？」ケイトは娘に父親のすべてを知ってもらいたかった。父親を誇りに思ってほしかった。

「僕としては、トリシャにテープをカットしてほしいと思っている」

ケイトは固く目をつぶった。それを知ったらトリシャは歓声をあげるだろう。私は公の場が苦手だけれど、娘は注目を浴びるのが大好きだ。「あの子、大喜びするわ」

一瞬の沈黙のあと、マックスが言った。「トリシャは僕のたった一人の相続人だ。弟のチャンスは問題外だから、いずれ会社はトリシャのものになる」

「ほかに子供を持つつもりはないの？」

マックスは笑い声をあげた。「僕はもう四十二だ。それに、前にも話したが、君と別れてから本当に愛せる女性にはめぐり合っていない」

それを聞き、ケイトの胸の鼓動は乱れた。そう、確かにマックスはそう言っていた。でも、そのあと彼に触れられてうっとりした自分に腹を立て、彼の言ったことは半ば忘れていたのだ。

「だからトリシャが僕の唯一の子供になる可能性は高い。七歳ではビジネスについて学ぶのは早すぎるが、自分がどういう家柄に生まれたのか知るのに早すぎるということはない」

ケイトも同感だった。マックスがこれだけ友好的にふるまっているのだから、こちらもそうしよう。

「わかったわ。私たちも行きましょう。何時に飛行場へ行けばいい？」

「十一時に来てくれれば機内で昼食がとれる」

「いいわね」

「それじゃ、その時間に会おう」

ケイトは電話を切った。トリシャがテープカットを楽しむのはわかっていたが、気が重くなった。でも、私は記念式典には出なくていいのだ。カメラに向かってポーズをとらなくてもいいし、報道陣に話をしなくてもいい。ただ目立たないようにスポットライトの外にいればいいだけ。

金曜日、ケイトはＴシャツとジーンズで出かけることにした。その格好を見れば、式典に出るつもりはないとマックスにもわかるだろう。対照的にトリシャにはピンクのワンピースを着せ、漆黒の巻き毛を二つに結って大きなピンクのリボンをつけた。休日用の最高のおめかしだ。写真映えもするだろう。

二人が十一時ぴったりに飛行場に着くと、ちょうどマックスの母グウェンが黒いリムジンから降りてきた。細身の黒いパンツスーツに、美しくセットされた白髪がアクセントを添えている。まさに裕福な一家の女家長だ。

ケイトはトリシャのほうを向いた。「あれがパパのお母様よ。あなたのもう一人のお祖母《ばあ》様」

娘はリムジンをちらりと見た。「髪が真っ白」

ケイトは車のドアを開けた。「あの人はママのお母さんが好きじゃないの。髪を染めない主義なのよ」それから熱い日差しの下に出て、トリシャが車から降りるのに手を貸した。風が砂埃《すなぼこり》を巻きあげる。思ったより大きいジェット機がすでに駐機し、入口からタラップが下ろされていた。ケイトは自分を励ますように息を吸いこんだ。「行きましょう」

ジェット機のほうへ歩きだすと、マックスが母親の肩に腕をまわしてこちらに向かせた。彼がなにを言ったのかは聞こえなかったが、グウェンの唇に笑みが浮かんだところを見ると、ピンクのワンピースの女の子が孫だと教えられたのだろう。

グウェンが歩み寄ってきた。「じゃあ、この子がトリシャなのね」

「はじめまして、もう一人のお祖母ちゃま」

グウェンは胸に手を押し当て、笑った。「なんて愛らしいの！」それからケイトと目を合わせた。「とってもいい子ね」

「ありがとうございます。マックスのすばらしい遺伝子のおかげだと思います」

グウェンはまた笑い、トリシャの前にかがみこんだ。「あなたはかけがえのない子よ」

次にマックスが腰をかがめてトリシャを抱きあげた。「おしゃれしているね」

「パパも」

「パパはスーツがふだん着なんだ。これからどこへ行くか知っているのかい？」

トリシャがうなずき、背後を指さした。「飛行機」

「ニューヨークへ行くんだ。そこでパパの会社が建てたビルの竣工《しゅんこう》式に出る。テープカットをしてみたいかい？」

それほど心をそそられなかったらしく、トリシャは肩をすくめた。

マックスは笑った。「子供は常に新しい価値観を親に教えてくれる」

「ええ、まさにそうだわ」グウェンがそう言って歩きだした。「いらっしゃい、おちびちゃん。〝お祖母ちゃま〟よりいい呼び名を二人で考えましょう」

トリシャは父親の腕から下り、祖母に追いついた。

マックスがケイトに顔を向けた。「あの子を連れてきてくれてありがとう。八時には戻るよ」

ケイトの心臓は今にも胸から飛び出しそうだった。彼は私が娘を引き渡しに来ただけだと思っているの？　私抜きではトリシャに会わない約束のはずよ。

「私も一緒に行くわ」

マックスの顔が紅潮した。「僕はてっきり……」

彼はケイトの服装を示した。

「うしろに控えているつもりだから」

罪悪感がマックスの胸をよぎった。ケイトが夫婦として公の場に出るのを嫌っていたのはよく覚えている。今気づいたが、彼女は公の場に出ることではなく、〝幸せなモンゴメリー一家〟を演じることがいやだったのかもしれない。もしも当時の彼女が、家族を一つにするのではなくばらばらにした男の〝祝福された〟息子であることがどんなものか知っていれば、少しは気が楽になっただろうか。

「すてきだよ」Tシャツとジーンズという格好でも、ケイトは魅力的だった。「アネットが客席に座ることになっているから、彼女と一緒にいるといい」

ほっとした表情がケイトの顔に浮かんだ。マックスは彼女の肩に腕をまわしてタラップへ導いた。

「アネットに会えるなんてうれしいわ」

問題が一つ片づき、ようやくケイトはくつろいだようすを見せた。もちろん、彼女は今日カメラの前に立つつもりはない。またミセス・モンゴメリーになるつもりもない。その二つのことは肝に銘じておこう。

飛行機が離陸すると、マックスはみんなをダイニングルームに促した。テープカットには心を動かされなかったトリシャは、書斎とダイニングルームと居間を備えただだっ広い客室を目にして、まったく違う反応を見せた。目的地に着いたときには、副操縦士席に座り、制帽を借りてかぶっていた。

一行は笑いながら、待機していたリムジンに乗りこんだ。トリシャはもう一人の祖母を〝ジジ〟と呼ぶことに決めていた。フランス風だからと、グウェンもその呼び名が気に入った。式典の一時間前に着いたので、マックスが元妻と娘にビルの中を案内する時間は十分あった。スピーチに先駆けて写真撮影が始まると、ケイトはためらいがちに離れていった。トリシャを元夫に託すのが不安なのだと思うと、マックスは胸が痛くなった。

アネットがケイトの肘を取った。「さあ、こちらに。トリシャは大丈夫ですよ」

マックスはトリシャを母親に託し、ケイトたちのそばへ歩み寄ってアネットに言った。「席を取っておいてくれ」秘書がほほえんで歩き去ると、ケイトに言った。「あの子を傷つけるようなことはしないよ」

ケイトは足元に視線を落とした。「わかっているわ」

その言葉でケイトが自分を信頼してくれているのを感じ、マックスはほっとした。

「あの子を君から奪うつもりはない」妙にきまじめに言うと、ケイトが笑った。それこそマックスが求めていたものだった。「それでいい」

ケイトはマックスと目を合わせた。「私があの子から離れたことはほとんどないって知っていた？」

二人はこんなにも穏やかに話せるのだと、マックスは初めて気づいた。どなり合うことも、いがみ合うこともなく、ただ率直に気持ちを伝え合うだけ。

「出張があっただろう」

「そう多くはなかったの」ケイトはかすかに喉をつまらせた。「出張に行くときは、両親にテネシーへ来てもらっていたわ」

マックスは低い声で笑った。「だったらこれは、あの子を僕と二人きりにさせられないというより、君があの子から離れられないという問題だな」

ケイトは肩をすくめた。

マックスはケイトの顎に手を添えて顔を上げさせた。目が合ったとたん、心臓がどきどきした。そこで突然、年を重ねて賢明になったこの女性が、自分に娘との関係を築かせるために、いかに妥協し、譲歩してくれたかに気づいた。深い感謝の念が心に広がっていく。この数週間、僕は受け取るばかりだった。今度はお返しをする番だ。「大丈夫だよ」

ケイトは彼の顔を見つめ、悲しげにほほえんだ。

「あなたの前では心配性の母親になってしまうの」

「いや、愛情豊かな母親だ。僕の子供にとって」その言葉は耳に心地よく響き、名づけがたいほど強い感情で胸を満たした。「感謝している」

マックスは歩き去るケイトを見送りながら、誇りと畏怖が相半ばする思いに打たれた。僕に娘という最高の贈り物を与えてくれた彼女に借りがあることは、死ぬまで忘れないだろう。

うしろのほうの席にいるアネットはすぐに見つかった。カメラが向けられることのない場所だ。注目を避けられるのはありがたいが、娘がマックスとグウェンと一緒にいることを思うと、ケイトは不安に駆られた。

どうかしているわ。考えすぎよ。グウェンは、私がトリシャの存在を秘密にしていたことを責めなかった。そしてマックスは、約束を守ってくれている。

ケイトはアネットの隣の折りたたみ椅子に座った。

「ありがとう」

アネットがほほえんだ。「どういたしまして」

すぐにスピーチが始まり、二人が交わした言葉はそれだけだった。商業施設とオフィスを備えた新しい複合ビルが完成したことを祝って、市長が〈モンゴメリー開発〉に謝辞と賛辞を述べた。続いて〈モンゴメリー開発〉の事業本部長が市の発展にビルが果たす貢献について十分ほど述べ、それからマックスが立ちあがった。彼はノースポイント市民のすばらしさについて語ったあと、自分の母親と娘を演壇に上がらせ、娘を腕に抱きあげて紹介した。

トリシャがにっこりすると、人々はたちまち魅了された。

「なんてかわいいんでしょう」アネットがささやいた。

ケイトはほほえんだ。「遺伝子がいいから」

マックスはトリシャを抱いたまま、モンゴメリー・タワーの大きなガラス張りのドアの前に渡された赤いテープのところへ行った。娘を下ろし、大きな鋏《はさみ》を受け取る。その鋏を慎重に娘の手に握らせると、二人が写真におさまるようにポーズをとり、それから鋏を閉じてテープをカットした。

群衆は笑い、拍手をした。

ケイトはアネットのほうを向いた。「彼、どれくらいの間あんなふうなの？」

「あんなふうとは？」

「怒りが消えたみたい」

アネットは答える気がないかのように眉根を寄せていたが、しばらくして表情をやわらげ、ため息をついた。「お酒をやめる数カ月前からです。最初は、あなたのいない寂しさを仕事でまぎらそうとしているのだと思いました。それから、お父様が父親としては失格だったことを受け入れたのかもしれないと考えるようになりました。そして気づいたんです。彼はきっとすべてを立て直そうとしているのだと」

「すべてを立て直す？」

「お父様がなさっていたことをやめ、元どおりにするということです。せめてお父様の時代の悪《あ》しき慣習は廃止しようとしています。まず入札における談合の問題に手をつけ、それから下請け業者との契約を見直して……」

ケイトはアネットの話を聞きながら、トリシャと一緒にカメラに向かってポーズをとるマックスを見つめていた。その顔に浮かぶ笑みは本物だ。報道陣の質問に気軽に、だが言葉を選んで答えている。彼は人をだましもしなければ、だまされもしない。

「それはみんな、お酒をやめる前のことなの？」

「ＡＡに参加する前に、自分のしようとしていることを見きわめようとしているようでした」

「それで彼は会社の改善に取りかかった。会社を嫌っていたのに」

「彼は成長したんだと思います」

ケイトの視線は再びマックスに向けられた。自分の子供を抱いた彼は、ほんの一瞬、見知らぬ別人に見えた。

なぜ今までトリシャの存在を公にしなかったのかと記者が尋ねると、マックスは簡潔に説明した。物心がつくまでは娘を公的な場に出すべきでないと考えていたからだと。

ケイトはマックスをまじまじと見つめた。彼は以前と同じではなかった。外見は相変わらずハンサムでセクシーなマックスだが、内面はまったく違う。勤勉で辣腕の実業家。よき父親になろうと努め、責任を放棄することも恨みを抱くこともない男性。

そう、まさに善良な男性だ。

やがてトリシャがぐずりはじめた。グウェンが孫の手を握ってから、ケイトの視線をとらえ、ビルのほうに頭を傾けた。一緒にモンゴメリー・タワーの中に戻ろうという合図だ。

アネットが一同の先に立ち、強引に人々をかき分けて進んだ。ビルのロビーに入ると、グウェンがトリシャの手をアネットにゆだねた。「この子を最上階にあるうちのオフィスに連れていってくれる？」

アネットとトリシャを乗せてエレベーターのドアが閉まり、ケイトは静かなロビーに元義母と二人きりになった。

「息子はあなたを許したかもしれないけれど、私は許しませんよ」

その言葉を聞き、ケイトは恐怖で凍りついた。怒りに赤く頬を染めたグウェンは、今朝トリシャに会ったやさしい女性とは別人だった。かつてよく知っていた女性に戻ったかのようだ。そう、間違った相手と結婚してしまった事実を受け入れ、二人の息子のために最善を尽くそうと決意した女性に。その一人を傷つけた私には怒りしか感じないのだろうか？

「あなたが出ていってからわずか九カ月でマックスはお酒をやめたのよ。あと一年待てなかったの？　あの子に子供のことを話して、やり直すチャンスをやれなかったの？」

「チャンスなら山ほどあげました」

グウェンは鼻を鳴らし、背を向けた。「モンゴメリー家はばらばらだった。今もばらばらよ」グウェンが振り返った。「自分の子供に会えないのがどんな気持ちか、あなたにわかる？」

ケイトはごくりと唾をのんだ。結局、この問題に行き着く。いつもそうだ。「チャンスが家を出たことはお気の毒に思います。でも――」

「でももなにもないわ！」怒りの声がガラス張りのロビーに響き渡った。「私たちはあなたを家族に迎えたのに！　あなたは私たちを裏切ったのよ！」

「私は自分と自分の子供を守ったんです」ケイトは顎を上げた。「必要ならまた同じことをするでしょう」

「口を慎むことね。いずれ裁判になったら、たっぷり口をきいてもらうことになるでしょうから。マックスは昨日初めてトリシャのことを話してくれたの。だから弁護士に相談する間もなかった。でも、これから相談するつもりよ」グウェンは冷笑した。「そうなったら、あなたは、どんなに娘に会いたくても会えなくなるでしょうね」

9

ケイトがまず思ったのは、逃げ出すことだった。トリシャを連れてテネシーに戻ろう。戦うのなら自分の陣地で戦いたい。モンゴメリー家に有利なこの州ではなく。

　けれど、逃げつづける日々は終わったのだ。テネシーに引っ越し、友人とのつき合いを断ち、この八年間はほとんど両親とも会わなかった。マックスを恐れていたからだ。でも、今は彼を恐れてはいない。

　そう思うと、不思議な気がした。昔デートをしていた〝魅惑のマックス〟は、いつしかアルコールのせいで〝嘘《うそ》つきのマックス〟に変わった。しらふなら、彼はどちらのマックスでもない。ただのありのままのマックスだ。

　そのことに気づいても、なぜかショックは受けなかった。もう何週間も前にわかっていたのだ。そして、今の彼と昔の彼を一つに結びつけようとしてきた。そこでふいに、以前のマックスと新しいマックスをまるで別人のように扱うのは間違いではないかという考えが頭に浮かんだ。

　なんにせよ、グウェンの脅しについては早く手を打たなくては。

　トリシャを連れて帰り、忙しかった一日の緊張をほぐして寝かしつけると、もう九時過ぎだった。それでもケイトは車に乗りこみ、マックスの家に向かった。

　到着したとき、家は暗かった。薄い雲から月が見え隠れし、無数の星がきらめいている。ケイトはエンジンを切り、しばらく迷っていた。それから思いきってドアを開け、玄関に向かって歩きだした。

ベルを鳴らすと、マックスが出てきた。まだブラックスーツ姿だが、シャツのボタンをはずし、ネクタイをゆるめている。乱れた雰囲気がセクシーだ。まるで、忙しかった一日の終わりに愛する女性に誘惑されたがっているように見える。

いったいどこからそんなことを思いついたの？

「ケイト」

ケイトは目をしばたたき、現実に戻った。「私たち、話をしなくちゃ」

マックスがうしろに下がり、ドアを大きく開けて彼女を中に通した。「話をする？」そう言ってキッチンを手ぶりで示した。「ちょうどレモネードを飲もうと思っていたところだ」

ケイトはマックスのあとについていき、みかげ石のカウンターの前のスツールに腰かけた。「あなたのお母様がトリシャの親権をめぐって裁判で争うつもりだと私を脅したの」

冷蔵庫の前に行きかけていたマックスは、足をとめて振り返った。「なんだって？」

「明日弁護士に相談するそうよ。だから裁判に備えろって。自分の子供に会えないのがどんな気持ちか、わかるようにしてやるって」

マックスはうめいた。「冗談だろう」

「冗談ならいいけど。お母様、本気だったわ」

マックスは再びうめき、冷蔵庫に向かった。「僕が裏で糸を引いているなんて思わないでくれ」

「思ってないわ。だからここに来たのよ。脅しに屈するつもりはないの。あなたのお母様が本気で裁判を起こすつもりなら、悲しいことだけど、私も受けて立つわ」

あっけに取られたことに、マックスは笑いだした。「よく言った！」そして、レモネードのピッチャーを掲げた。「君も飲まないか？」

マックスが冷静に話を聞いてくれただけでなく、

裁判の一件にかかわっていないとわかってほっとし、ケイトは乾いた唇に舌を這《は》わせた。喉がからからだった。「ええ、いただくわ」

マックスがグラスを手渡したとき、二人の指が触れ合った。かすかな接触だったが、二人の間に電流が走った。目が合うと、ケイトはさっとそらした。

こんなに冷静沈着なマックスと向き合うのは初めてだった。そして、このマックスが好きになった。危険なほどに。

マックスがケイトの隣のスツールに座ると、キッチンが急に狭く親密な空間に感じられ、息が乱れた。

彼がほほえんだ。「君が来てくれてうれしいよ」

ケイトもマックスに会えてうれしかった。だって、彼はこんなにすてきな人なのよ。私にもトリシャにもよくしてくれる。

ただ、うれしい半面……。

レモネードを飲みながら、自分の未来を取り戻すために家を出た夜のことを思い出した。彼のそばにいるときは気をつけなければ。自分を守るために。

「僕を頼りにしてくれてよかった」

ケイトはごくりと唾をのみこんだ。なにか温かいものが体に広がり、落ち着かなくなった。「私もあなたを頼りにできてよかったわ」

マックスは穏やかなまなざしでケイトにほほえみかけた。「ありがとう」

マックスの魅力に抵抗できないことはよくわかっていたが、今体の中を駆けめぐっている感情は以前のものとは違っていた。新雪にきらめく月光のように清らかだった。輝かしく、特別だった。

まずいわ。ケイトは咳《せき》払いをした。「それはともかく、あなたのお母様と争いたくはないわ」

「そうだろうな」マックスは静かにうなずいた。

「親権や訪問権は君と僕の間で決めるべきことだ。僕が思うに、母の怒りは、チャンスが家を出たことの後遺症のようなものなんじゃないかな」

「でも、それなら私には関係ないわ」

マックスは深いため息をついた。「トリシャの存在を知ったことで、モンゴメリー家にもう一人欠けている家族がいることを思い知らされたんだろう」

「ああ」そんなことは考えつきもしなかった。「お気の毒に」

マックスはかぶりを振った。「チャンスが出ていったのも、母が怒っているのも、君のせいじゃない。母が怒っているのは、父と僕の過ちのせいだ。父と僕の大喧嘩《おおげんか》をチャンスが立ち聞きしたのを、母は知っているんだ。喧嘩の原因がなにかは知らないが」

「お母様はチャンスがお父様の実の息子だということをまだ知らないの?」

「ああ。もし知ったら、ショックに打ちのめされるだろう」

「マックス」ケイトは同情をこめてやさしく言った。

マックスは立ちあがった。「僕はチャンスが好きだ。だから、ここにいないことが寂しい。ただ、母のことを思うと心配なんだ。あいつが家に帰ってきたらどうなる? 僕が会社で耳にした噂《うわさ》の真偽を父に問いただしているのを聞いてしまったと、あいつが母に話したら? 父が自分の実の父親だとわかったと話したら? 自分の人生は恥辱まみれだと話したら?」彼は苦しげに目をつぶった。「母はチャンスを自分の息子として育てた。父の浮気相手が産んだ子供だとも知らず、チャンスを受け入れ、キスし、抱き締め、ランチを作ってリトルリーグの練習に連れていった。あいつがいなくなってどんなに心を痛めていることか。だが、チャンスはなにもかも嘘っぱちだと思っている。そんなやつが帰ってきたらどうなるか、心配でたまらないんだ」

「私もよ」でも、心配なのはグウェンのことではない。チャンスのことでさえない。気がかりなのはマックスのことだ。父親と大喧嘩し、それをチャンスに聞かれたと知ってから、彼は深酒をするようになった。チャンスが帰ってきたら、再び飲みだすのではないだろうか。

体に震えが走った。そんなことは現実になってほしくない。彼自身が願っている以上に。

「とにかく、母がなぜ君を脅したかはわかっている。母はチャンスが家を出たことに怒りを感じ、それと僕たちの状況をごっちゃにしているんだよ」

「お母様の気持ちを代弁しているの？」

マックスは笑った。「そうだ。母には過去と現在を取り違えないように言うよ。酒をやめたあと、母と約束したんだ。昨日を振り返らず、明日のことを考えて、今日を大事にしようって」

ケイトは申しわけなさそうにほほえんだ。「私、あなたたちの生活をかき乱してしまったわね」

マックスはスツールに戻り、ケイトの手を取った。

「そうは思わない。君はここに戻ってきて、すばらしい娘に会わせてくれたんだ」

安堵《あんど》が胸に広がり、それとともに切望がわきあがった。なぜ今のマックスに抱いている感情は以前とは違うと感じるのか、ようやくわかりかけてきた。彼はもう熱いまなざしで誘惑を仕掛ける、圧倒的な魅惑に満ちた若者ではない。今、彼のまなざしに感じられるのは誠意や真心だ。それは、長いこと孤独だった女性にとって、肉体的な魅力よりずっと悩ましい。

「明日、母と話をしてみるよ」マックスはレモネードを飲みほし、スツールから立ちあがった。「弁護士を呼んだりするなと言おう」

失望が胸を締めつけた。それでおしまい？　ケイトも立ちあがった。「ありがとう」

「どういたしまして」

二人は玄関に向かった。ケイトは、ハイスクールの花形アメフト選手と突然二人きりになった夢見がちな女の子のような気持ちだった。期待しているようなロマンチックなことはぜったいに起こらないとわかっているのに、期待しないではいられない。

ケイトはおずおずとマックスにほほえみかけた。マックスがほほえみ返す。そのときふいに、すばらしいことに気づいた。彼の美しいブルーの瞳を見つめても、過去を思い出さない。頭の中を占めているのは、目の前にいるマックスのことだけ。彼が好き。今ここにいる彼が。おだてて私を思いどおりにしようとする昔の彼ではない。彼はもう、過去を美化しようとはしない。甘い言葉やキスで私を忘我の境地へと誘うようなことはしない。彼はただ……。

私にキスをした？

マックスの顔がゆっくりと近づいたかと思うと、唇と唇が重なっていた。息ができなくなり、体の中心がかっとほてって、その熱が隅々まで広がっていく。夢見る女の子が消え、この八年間経験できなかったすべてを味わい尽くしたいと切望する大人の女性に取って代わられた。

興奮が押し寄せ、ケイトはそっとキスに応えた。それは、長いこと離れ離れだった恋人たちの再会のキスではなかった。親しくなりつつある男女が互いの唇の感触を知るためにする初めてのキスだった。

そんな思いが伝わったかのように、マックスが舌を差し入れ、ケイトの唇を開かせた。彼の手が肩をつかんで引き寄せると、二人の胸が重なり、舌がからみ合った。

それからいきなりマックスが体を離した。ケイトはめまいを感じながらうしろに下がった。ずっと前に涸《か》れたはずの欲望で体がざわめいている。手を伸ばしてマックスのなめらかな唇をなぞった。一見、以前と変わらないように見えて、まったく違う。

マックスは額をケイトの額に押しつけた。「すばらしかった」

ケイトは目を固く閉じた。私も気に入ったわ。あやうくそう言いそうになった。だが、頭ではよくわかっていた。この人は、アルコールに溺れた元夫よ。数えきれないほど何度も約束を破った元夫なのよ。過去を水に流してよりを戻し、信頼するようになったら、彼の本性がまた顔を出して私を傷つけるに決まっている。

でも、私も以前の私ではない。彼に歯向かうことを恐れていた二十歳そこそこの弱虫じゃない。私はもっと強く賢くなったのよ。

ケイトはもう一歩下がり、ドアノブをつかんだ。

「もう行くわね」

帰り道、キスのことは考えなかった。体を駆け抜けた快い興奮のことは思い出すまいとした。静まり返った両親の家の鍵を開けると、忍び足で階段を上がり、ベッドにもぐりこんだ。二度と彼にキスはさせないと心に誓いながら。

ケイトにキスをするべきじゃなかった。翌朝、シャワーを浴びながら、その言葉が呪文のように繰り返しマックスの頭の中に響き渡った。

昨夜、ケイトの豊かな黒髪に指を差し入れないではいられなかった。頭を下げ、唇を味わわないではいられなかった。

だが、ちょっと味わうつもりがやめられなくなり、熱い渇望がかきたてられた。埋もれていた欲求が一つ残らずよみがえり、満たされるのを待っていた。

しかし、満たされることはなかった。二人が惹《ひ》かれ合っていなかったからではない。彼女が結婚したときのケイトではなかったからだ。

マックスは顔をしかめた。いや、別人のようだというほど変わったわけではない。ただ、以前より自信に満ち、賢明になった。そう、成熟したのだ。もしも離婚していなくても、彼女は立派な大人の女性になっただろう。トリシャが生まれたとたん、命がけで小熊を守る母熊のようになって、だれにも娘を傷つけさせまいとしたはずだ。その姿がありありと思い描ける。

　酒に溺れなければ、その姿を見られた。

　二人が離れ離れになったのは僕のせいだ。

　そんな考えにとらわれながら、マックスは丘の上に立つ母親の家に車を走らせた。車から降りて玄関に向かうと、執事のフィリップが彼の訪問を知っていたかのようにすでに戸口に立っていた。

「お母様はダイニングルームにいらっしゃいます」

　マックスはダイニングルームへ直行した。母はよけいな口を出すべきではなかった。僕とケイトが築きつつある良好な関係を壊させてはならない。

　しかし、ダイニングルームに足を踏み入れたマックスの顔には、怒りのかけらもにじんでいなかった。感情を抑えることは今では習慣になっている。怒りはなにも解決しない。大切なのは話し合いだ。

　テーブルに近づくと、彼は言った。「お母さん」

　母の頬にキスし、いつもの席に座る。「朝食を食べてこなくてよかった」

「本当に。今朝のパンケーキはいつにもましてふわふわよ。ぜひ食べて」

　マックスは料理係にほほえみかけ、ナプキンを広げた。「パンケーキをいただくよ。それで、昨日トリシャのことでケイトを脅したと聞きましたが？」

　言いがかりだとでもいうようにグウェンはため息をついた。「脅してなんかいませんよ。弁護士に相談するのは常識でしょう」

「いいえ。八年前ケイトが家を出たとき、僕はまともじゃなかった。彼女にとって脅威でさえあった」

　マックスはコーヒーを飲んだ。「ケイトは自分と娘を守るために去ったんです。彼女を苦しめるようなまねをすれば、自分がつらい思いをすることになりますよ。裁判に負ければ、たまにしか孫に会えなくなる。それもケイトの立ち会いのもとでね」

グウェンは息子の手に手を重ね、笑った。「まあ、おおげさなことを言わないで！」

「ケイトを脅したのはお母さんですよ」

「私はただ権利を守ろうとしただけよ」

「ケイトのことはわかっているでしょう？　蝿《はえ》一匹殺せないやさしい女性だ。裁判だ弁護士だと騒ぎたてなくても、彼女は僕たちの権利を認めてくれますよ。こちらがフェアにふるまいさえすれば」

「彼女はフェアじゃなかったわ。子供のことを隠していたのよ」

「不安だったからです」

「そんなの理由にならないわよ」

マックスはため息をついた。「彼女がなにに耐えていたか、お母さんは知らないんです。先月病院で僕に気づいたとたん、彼女が逃げ出さなかったのが驚きですよ。それどころか、ありがたいことにトリシャに会わせてくれた。親として一緒にやっていくために、僕は彼女に見直してもらおうとしているところです」

母親の目が喜びに輝いた。「よりを戻すつもりなの？」

まったく。どうしてそういう話になるんだ。

「いいえ！」マックスは否定しながら、昨夜のキスを思い出した。熱くたぎった血を、胸のうずきを。だが同時に、ケイトが成長したことも思い出した。僕も彼女も変わった。二人はもう互いにふさわしい相手ではないかもしれない。「そのつもりはありません」

「よりを戻すべきよ」

「その可能性はまずありません。それより昨日のようなことをケイトに言ったら、彼女の不安をかきたてて、遠ざけることになりますよ」

「孫に会わせてもらえなくなるなんて言わないで」グウェンは降参のしるしに手を上げた。「もう口は出さないほうがよさそうね」

「それがいいでしょう」

母親が黙り、自分の言ったことを頭の中で繰り返してみて、マックスは悟った。僕は自分に嘘をついた。ケイトにキスをしたのは、彼女が好きだからだ。結婚したときの彼女ではなく、今の彼女が。僕たちはお似合いだと、全存在をかけて言える。以前よりいっそう互いにとってふさわしい相手になったと。

だが、ケイトは僕を求めていない。会うたびに僕はますます彼女が好きになるのに。たった一度のキスで圧倒され、今でも彼女の唇の感触や味をありありと思い出せるほどだ。

ケイトと話をしなければ。

10

数時間後、ケイトはイタリアンレストラン〈アントニオズ〉のテラス席にいた。マックスが電話をかけてきて、ここで会いたいと言ったのだ。トリシャに話を聞かれない場所で、二人きりでと。

マックスは母親と話し合ったことを伝えたいと言った。さらに、ほかにも話したいことがあると。

グウェンの説得がうまくいかなかったのだとしたらどうしよう？　共同親権にしたいのだとしたら？　トリシャをテネシーに連れ戻させないように、グウエンがすぐにも裁判を起こすつもりだとしたら？

息がつまりそうになったとき、マックスが現れた。通りの向こうで信号が変わるのを待っているTシャツとジーンズ姿の彼はもう、結婚したときのひょろりとした若者ではなかった。

欲望の震えが体を貫いたが、すぐに抑えこんだ。いくら彼がまぶしいほどセクシーに見えても関係ない。額にかかる髪や、こちらに気づいた彼の笑顔や、ゆうべのキスがどんなにすてきでも、関係ない。二人の間には問題が山ほどあるのだから。

マックスが座ると、ケイトは口を開いた。「あなたの分もアイスティーを注文したんだけど」

「ありがとう。遅れてすまない。実は……」マックスは緊張したようすで言葉を切った。

そこへウェイターがアイスティーを運んできて、食事の注文を取った。マックスは死刑を免れたかのようにほっとした表情になった。それを見て、今度はケイトのほうが緊張を覚えた。話をさえぎられて喜んでいるということは、決していい話ではないのだ。たぶんグウェンに、共同親権を持ちかけてみるようにそそのかされたのだろう。

ウェイターが立ち去ったときには、ケイトはもう一秒も待てない心地だった。「それで？ よくないニュースだとわかっているのに待たされるのは苦手なの。だからさっさと話して」

マックスはアイスティーを見つめてからゆっくりと目を上げ、ケイトの視線をとらえた。「僕はもう一度君に惹《ひ》かれはじめているみたいだ」

ケイトの心臓はいったんとまり、それからものすごい速さで打ちだした。私に惹かれはじめている？ 私だってかつてはマックスに惹かれていた。今のしらふの彼にはもっと惹かれている。彼はハンサムで、セクシーで、すばらしい男性ですもの。彼のことならなんでも知っている……。

ああ、そうよ、彼は私に惹かれはじめているんじゃない。幸せだった新婚時代を思い出しているだけ。

ケイトは椅子の上で身じろぎした。「マックス、今の私たちが感じているのは、結婚したばかりのころの親密さの名残でしかないわ」

マックスが笑った。太陽のように温かく。その声はケイトの胸をいっぱいにし、背筋に熱いものを走らせた。「違うよ。君は昔とは大きく変わった。僕たちが昔のような関係に戻れると考えるのは愚か者だけだ」そこでため息をつき、椅子の背にもたれた。「今朝、ゆうべのキスを思い出して、昔と同じようでありながら違っていたと気づいた。たとえ離婚していなくても、君は強い女性になって、トリシャを守っていただろう。僕の両親に対しても断固とした態度をとるようになっていたに違いない」彼は笑った。「それを考えると楽しくなるよ。なぜなら、僕は新しい君が大好きだから」

それを聞いて、ケイトの胸はときめいた。私も新しいマックスが好き。でも、好きになってはいけない。二人とも過去を消し去ることはできないのだから。心の傷はいまだに残っている。昔のわだかまりは、たとえ望んだところで簡単には解けない。

「新しい君は新しい僕にぴったりだ。僕たちは最高のチームになるだろう。二人とも善悪の区別のつく、強く賢い大人だ」マックスは視線をそらし、それからためらいがちに再びケイトと目を合わせた。「それに、僕たちが最後にベッドに行き着いたらどうなるか、考えずにはいられない」

ケイトの心臓は胸から飛び出しそうだった。一糸まとわぬ二人が飢えたように愛撫《あいぶ》し合うところが目に浮かぶようだ。「そんなことまで想像してくれてありがとう」

マックスは笑い声をあげ、ケイトの手をつかんで引き寄せた。「とにかく、初めてＡＡに参加したときに、自分に誓ったんだ。偽りの人生を送るのはもうよそうと。なにも感じないふりをすることは、複雑な状況をさらに複雑にするだけだ」

「マックス――」

「心配しなくていい。よりを戻してほしいと頼むためにこんなことを話しているわけじゃないから」マックスは視線を皿に落とし、再び上げた。そこには、言っていることとは裏腹の希望に満ちた表情が浮かんでいる。「ただ君に知っておいてほしかっただけだ。僕の気持ちに気づいてびっくりしないように」

「大丈夫、びっくりしていないわ」実をいえば、衝撃を受けていた。マックスの輝くブルーの瞳を見ながら、私もあなたが好きだと言いたくてたまらなかった。だが、脳裏には過去の映像がフラッシュバックしていた。かつて彼が私を傷つけたとき、どうしたら彼のことを好きだなんて思えた？　ケイトはアイスティーを飲んで気持ちをしずめると、ナプキンを膝に広げ、話題を変えた。「それで、お母様と話をしてどうなったの？」

「すべて片がついた。トリシャにかかわることは僕たちで話し合うから口を出さないでほしいと、母に釘《くぎ》を刺したよ」

誇らしさで胸がいっぱいになった。八年前だったら、マックスはそんなにきっぱりと両親にものを言えなかっただろう。これも彼が以前とは変わったことの証《あかし》だ。「それでお母様は承知なさったの？」

マックスは悲しげにほほえんだ。「僕は今では母のたった一人の息子だ。母にしてみれば、僕を失うような危険は冒せない」彼もナプキンを広げた。「これで一件落着だ。あとはランチを楽しもう」

「もちろん」しかし、ケイトは内心震えていた。私のたったひと言がすべてを変えてしまう。私も新しいあなたが好きよ、という言葉が。マックスの瞳にはせつない願いが宿っていた。私がそう言うことを、彼も心の片隅で望んでいるに違いない。

だが、またしてもいまいましい過去の場面が脳裏によみがえった。この新しいマックスウェル・モンゴメリーが夫だったら、結婚生活はどう違っていたかなんて考えるのはやめなくては。

マックスがあたりを見まわした。「ところで、この一角の最近の変化をどう思う？　町の再開発計画の一環なんだ」

「すばらしいわ。あなたの会社もかかわっているの？」八年前にはこんな質問はできなかった。当時は今ほど不動産開発について詳しくなかっただけでなく、マックスが自分の仕事を嫌っていたからだ。

せつない思いが胸にこみあげた。もしも今のマックスと出会い、過去の飲酒について打ち明けられたのだとしたら、彼にやさしくし、熱い恋に落ちていたかもしれない。

でも、私たちは今初めて会ったわけじゃないのよ。

ケイトはそっと息をつき、自分を現実に引き戻した。「再開発について話して。あなたの会社はどんなふうにかかわっているの？」

「多額の投資をした」そう言ってマックスは肩をすくめた。「〈モンゴメリー開発〉は州外にも多くの取り引き相手がいて、彼らは数日間、あるいは数週間ここに滞在する。この近辺にホテルとレストランをいくつか持てば利益になるだろうから、投資する価値はあると見たんだ」

ケイトは驚きに目を見開いた。「この店はあなたがオーナーなの？」

「そうだ」マックスはにっこりした。「僕の財産に恐れをなさないでくれよ。僕の家を見ただろう。僕の暮らしぶりを。家政婦は一人だ。両親のように丘の上に立つ広大な屋敷を持つつもりはない。今のライフスタイルが気に入っているんだ」

彼の視線を避けるように、ケイトは膝のナプキンを直した。「新しい家をさがす暇がないから、あの古い家にまだ住んでいるんだと思っていたわ」

「あの家が好きだからだよ。君はあの家を美しくしつらえてくれた。君が建設の仕事にかかわるようになったのも不思議はない」

ケイトはおそるおそる彼と目を合わせた。「私がどこで働いているか知っているの？」

「ちょっと調べたんだ。君とトリシャが生活に困っていないことを確かめたかったから」

「食べていけるくらいは稼げるわ」

マックスは笑った。「それはわかっている。気になったから調べただけだ。そして、君が立派に自立していることを知った。君を誇りに思うよ」

涙が目を刺激し、感情がこみあげて喉をふさいだ。以前のマックスは私のしていることに気づきもしなかった。この新しいマックスは私を誇りに思ってくれている。ああ、このままでは心も魂も彼に奪われてしまう。「ありがとう」

「どういたしまして」

料理が運ばれ、話題はトリシャのことに移った。それがケイトにはありがたかった。私に対してマックスが抱きはじめている思いは、今の状況に新たな混乱をもたらしている。二人が一緒にいるのは危険だ。でも、彼が毎日トリシャに会いたいなら、私ともそのたびに顔を合わせることになる。

だったら、彼とトリシャを二人きりで会わせる？そうすれば、この新しい率直なマックスをどうしようもなく好きにならずにすむはずよ。

トリシャが遊び友達を連れてきたときには、マックスはすっかり準備を整えていた。アネットは年下の子供二人を連れてきていた。ミセス・ジェントリーはキッチンでおやつを作っている。白いタンクトップとアプリコット色のカプリパンツ姿で寝椅子に横になっているのはグウェンだ。

マックスは母親に尋ねた。「水着は？」

母親がまばたきして彼を見あげた。「私は泳がないわ。髪が乱れるもの」

「せっかくの楽しみを味わわないとは」

「みんなが楽しむのを見ていればいいわ」

　ちょうどそのとき、アネットの息子二人が家から飛び出してきてプールに飛びこんだ。盛大にしぶきが上がり、グウェンをびしょ濡《ぬ》れにした。彼女はさっと体を起こし、子供たちに向かってどなってから、急に目を見開いた。「ああ、なんてこと！」

「どうしたんです？」マックスは心配になって尋ねた。

「あの小さい子よ。チャンスにそっくり！」

　マックスは母の視線を追った。金髪に青い瞳のアネットの末息子は、確かにどこかチャンスを思い出させる。「ええ、似ていますね」

「覚えてる？　チャンスの髪は日に当たるとあんなふうに白っぽく見えたものよ」

「ええ、ええ」

　グウェンは寝椅子から身を乗り出し、少年たちが泳いだり、ビーチボールを投げ合ったりしているのを見つめている。「かわいいわね」

　マックスは母の隣の寝椅子に腰を下ろした。「子供はみんなかわいいものですよ」

「年寄りのたわごとだと思っているのね」

「まさか」マックスは母にほほえみかけた。母はもう息子とケイトの問題など頭になく、悲しみにくれる寂しい母親に戻っていた。マックスが心から、かつての幸せを取り戻してほしいと望む母親に。「お母さんはチャンスを懐かしんでいるだけですよ」

　母は鼻で笑った。「そうね」

　マックスは立ちあがった。「のんびりと午後を楽しんだらどうです……」そのとき、トリシャが門から走り出てきた。「孫と一緒に」彼はそうつけ加え、今そばにいる子供と楽しみ、今そばにいない子供のことは忘れるようほのめかした。

チュチュのように裾にフリルのついたブルーの水着を着たトリシャは、まっすぐグウェンに向かってきた。「ジジ！」

グウェンはトリシャを抱き締めた。

トリシャは祖母のタンクトップを指さした。「水着は？」

「私は泳がないのよ」

「だめよ、ジジ！」

続いてケイトも出てきた。「そうですよ、ジジ。快楽を追求する精神はどうしたんです？」

ケイトがグウェンに脅された一件をあっさり乗り越えたことに、マックスは驚かなかった。驚いたのは、グウェンが笑い声をあげたことだ。「そうね、もう濡れてしまったことだし」

家族のなごやかなようすがうれしくて、マックスはにっこりした。「びっしょりですよ」

トリシャが祖母の手を引っぱった。「ねえ、ミセス・ジェントリーにジジの水着をさがしてもらおうよ」

二人が家に向かうと、ケイトは笑った。「ここに来るようになってほんの二カ月なのに、あの子ったら、頼み事はだれにすればいいかもうわかっているわ」

マックスも笑った。「ところで、君の水着は？」

ケイトは目をそらした。「私は泳がないから。そもそも、ここにいなくてもいいんじゃないかしら」

「帰るのかい？」

ケイトは目の上に手をかざして日差しを避けた。「あなたはトリシャの扱いがうまいわ」そこでまた目をそらす。言いづらいことを口にしようとしているように。「私、あなたを信頼しているの」

ケイトに信頼されていることはあのテープカットの日にすでに感じていたが、こうして彼女の口から聞くと、誇らしさがこみあげた。しかしすぐに、失望が押し寄せた。ケイトがトリシャを僕に託すということは、ケイトとは一緒に過ごせない。それが最善なのだろうが、残念な気持ちはぬぐえなかった。

「この間レストランで話し合ったことのせいでためらっているのかい？」

ケイトは嘘《うそ》をつきたかった。そうすれば互いに気まずさを感じないですむからではなく、マックスにこれ以上よけいな気遣いをさせずにすむからだ。だが、先日彼が正直に自分の気持ちを打ち明けてくれたことが思い出された。「それもあるわね」

「わかった」

マックスの声に罪悪感を聞き取り、ケイトは自分を恥じた。彼のせいではないことで責任を感じてほしくなかった。「誤解しないでほしいの」彼女は再び視線をよそに向けた。そうすれば、言いにくいことが言いやすくなるとでもいうように。「私がテネシーに帰らないのは、あなたに好きだと言われたからよ。そして私がテネシーに帰るのは、私もあなたが好きだからなの」

「本当かい？」うれしい驚きが彼の声ににじんだ。

「ええ。でも、お互いに好意を抱くのが賢明でないことはわかっているでしょう。あなたも言っていたじゃないの、ただ自分の気持ちを知っておいてほしかっただけだと」

マックスは一歩前に出た。「そう言ったのは、僕のことが好きかどうかなんて、そもそも君は考えたくもないだろうと思ったからだ」

ケイトはおずおずとマックスと目を合わせた。

「確かに考えなかったわ。考えてはいけないと思ったの。でも……自分を抑えることはできなかった」

マックスの期待に満ちた顔を見ると胸が痛んだが、彼女はかぶりを振った。「だめよ！　今度間違いを犯したら、傷つくのは私たちだけじゃない。トリシャも傷つくのよ。賭をする気はないわ」

ケイトは踵《きびす》を返し、門に向かった。信頼するマックスに娘とその友達をまかせて。ここに残れば二人の親密さが増し、後悔するはめになるとわかっていたから。

ケイトが四時に戻ると、ほかの親たちも子供を迎えに来ていた。プールサイドに立ち、救助用の笛を首から下げて、プールの隅々まで目を配っているマックスは、セクシーでありながらいかにも父親らしく見えた。ケイトはうっとりし、こんなゴージャスな男性を好きにならずにいられるわけがないと思った。

彼を好きになるなんて間違っている。彼の魅力に負ければ、二人の関係はプラトニックなものではなくなってしまう。「娘を引き取りに来たわ」

マックスはくるりと振り返り、笑った。「いかにも子供を迎えに来た親のせりふだな」そして、まだプールから揚がりたがらない子供たちを待っている男親たちを指さした。みんな脛毛《すねげ》をあらわにし、その多くは頭髪が薄くなっている。「あの一団の仲間入りをしたいらしいね」

ケイトは笑った。「同年代よ」

「僕と同年代だ。君は六歳下なんだよ。若いお母さんさ。僕たちがそろそろ生活に疲れてきているのに、君は以前と変わらず、きれいなままだ」

ケイトは笑い飛ばそうとしたが、胸が熱くなり、喉がつかえて笑えなかった。

マックスは身をかがめ、声を落として彼女の耳元でささやいた。「からかっているんじゃない。君は本当に相変わらず美しい」

マックスの声は低くセクシーだったが、以前の〝魅惑のマックス〟の声とは違っていた。この新しいマックスが、ケイトはますます好きになった。彼が発散する男らしい魅力に引きこまれていく。彼は触れもせずに五感をかき乱す。

　ケイトは深呼吸をし、言うべきことを言った。

「いちゃいちゃするのはよくないわ」

「そうかな。僕はいちゃいちゃしたいな」

私だって。でも、間違っている。「深入りはしない約束でしょう」

　マックスはにやりとした。「僕はなんの約束もしていない」

　かすかなうずきが肌を這《は》い、ほてらせる。マックスが近づくと、ケイトは必死に震えを抑えこんだ。

「君にもう一度惹かれはじめていると打ち明けたとき、君の気持ちはわからなかった。だから君に逃げ道を用意したんだ。今は君も僕が好きだとわかっている。もう逃げ道は必要ない。楽しんでなにが悪い？」

「それは……」ケイトは熱に浮かされたようになり、なにが悪いのかわからなくなった。そのとき、トリシャがプールに飛びこんだ。「トリシャのためよ」

　まるでタイミングをはかったように、グウェンが二人のそばに来た。濡れた髪をとかしつけ、黒い水着の上にタオルを巻いている。彼女はケイトに向かって眉をひそめ、それからマックスの腕をつかんだ。

「あなたに話があるの」

　マックスは笛をかざした。「無理ですよ。救助係ですから」

　グウェンは反対側のプールサイドに立つ騒がしい母親たちのほうを向いた。「アネット？」

　真っ赤な水着を着たアネットが大急ぎでやってきた。

　グウェンはマックスから笛を取りあげると、アネットに言った。「しばらくの間、救助係を替わってちょうだい」

　アネットがうなずいた。「おまかせください」

　グウェンはマックスの腕をつかみ、やすやすと連れ去った。

　ケイトは唖然《あぜん》として立っていた。グウェンは変わったとはいえ、命令好きなのは相変わらずだ。でも、私は屈しない。

　ケイトが腹を立てながら家に向かい、書斎のドアの前に着いたとき、グウェンの声が聞こえた。

「チャンスをさがしたいの」

　ケイトはぴたりと足をとめた。チャンスをさがしたいですって？　どうかしているわ。マックスがお酒に溺れるようになった原因はチャンスなのに。息子をまた苦しめたいの？

　マックスがうなった。「なんですって？」

「チャンスが家を出た日、あなたとお父様がなんのことで言い争っていたのか、問いただしたことはないわね。チャンスのことでなにか隠しているのは想像がつくわ。たぶん、あの子の実の両親のことなんでしょうね。二人とも刑務所に入っているとか？　どちらかが人殺しだとか？」グウェンはため息をついた。「あなたがチャンスをさがそうとしないのは、あの子の両親のことを私に教えたくないからじゃないのかしら。チャンスにまつわる秘密が私たち家族にトラブルをもたらすと考えたんでしょう」

　マックスのことが心配でたまらなくなったケイトは、壁に張りつき、そっと書斎の中をのぞいた。

　マックスはくつろいだようすでソファに座っていた。その声は落ち着き払っている。「お母さんの推測は、当たらずといえども遠からずです」

「私は息子を取り戻したいの。あの子の過去にどんな問題があろうと、家族で乗り越えていけるはずよ。ただ、あなたの判断を尊重するつもり。あなたが私たちの手に負えない問題だと考えて、この十年間秘密にしてきたのだとしたら。そこで一つ、妥協案を思いついたの。チャンスが家を出た理由を私に教えてちょうだい。あの子が逃げ出さずにはいられなかったほどひどい過去を。そのあと、あの子を連れ戻すかどうか決めましょう」

ケイトは体から力が抜け、あやうく座りこみそうになった。チャンスは父親の浮気でできた子供だなんて、母親に話せるわけがない。どんな顔をして、あなたの夫は妻を裏切っていたなどと言えるだろう。ああ、なぜ運命はブランドンに告白させなかったの？　どうしてマックスばかりを苦しめつづけるの？

マックスを支えたいという衝動に駆られ、部屋の中に入ろうとしたとき、彼が静かに言った。「もしも僕が話さないとしたら？」

「それなら明日弁護士に電話をかけて、私立探偵を雇うように指示するわ」

「大賛成とは言えませんね」

「そうでしょうね。でも、私は息子に会いたいの」

グウェンは立ちあがり、ミニバーの前に行った。

「トリシャに会ったんだから、あなたにも私の気持ちがわかるはずよ」彼女は迷わず棚からウイスキーのボトルを取り出し、グラスにダブルでついだ。

ケイトはマックスを見つめながら、心臓が早鐘を打ち、目が涙でいっぱいになるのを感じた。グウェンはまるで、アルコールに溺れていた彼を困らせようとしているかのようだ。あるいは嘲ろうとしているか。それとも、彼の気持ちにまったく気づいていないのだろうか。その無関心こそが、彼の悩みの根源だったというのに。彼の両親は息子を利用し、息子が両親を必要としているときには無視したのだ。

マックスとグウェンの関係は変わったように見えたけれど、実はそうではなかったのかもしれない。

「お父様があなたとの言い争いの原因について話してくれなくても我慢したわ。私たちの結婚生活はすでに険悪になっていたから。私はひたすらいい妻でいようと努めていたの。チャンスの実の両親の問題が私たちの生活をめちゃめちゃにするとしたら、その問題がなにかなんて聞きたくなかった」

心臓の鼓動がさらに速まり、息が苦しくなった。ケイトはただ、母親を見つめるマックスを黙って見ているしかなかった。時計が時を刻む中、ウイスキーを飲むグウェンに、彼は視線を釘づけにしていた。

それからふいに口を開いた。「チャンスをさがしましょう」そう言うと立ちあがり、ミニバーへ向かった。

ケイトにはすべての動きがスローモーションのように見えた。バーへ向かうマックスの一歩一歩の重みを感じた。部屋に飛びこんでいって彼をとめたいと思う一方で、ウイスキーのボトルを取りあげる彼を固唾をのんで見つめることしかできなかった。

心の中で〝だめ!〟と叫びながら。

だが、マックスは取りあげたボトルを棚に戻すと、小型冷蔵庫を開け、アイスティーをグラスについだ。

不安で破裂しそうだった心臓が落ち着きを取り戻した。ケイトは誇らしさを感じた。しかし、そこには愛も混じっていた。彼はするべきことをしたのだ。逃げも隠れもせず、酒に手を出すこともしなかった。

グウェンが言った。「チャンスをさがす手がかりはあるの?」

「弁護士に相談してみますよ」

「自分が真っ先にチャンスに会って、あの子の両親の秘密を私に明かさないようにさせるつもりね」

「チャンスの出生の秘密を知りたいんですか、それとも、チャンスを取り戻したいんですか?」

「どちらか選べと言うなら、私はチャンスを取り戻したいわ」グウェンはバーに戻ってシンクにグラスを置くと、マックスの頬にキスをした。「ありがとう、マックス」そしてドアに向かった。

ケイトは急いで近くの小部屋に駆けこみ、グウェンが立ち去るのを待った。しかし、ほっとしたのもつかの間、気がつくとマックスが目の前に立っていた。

「僕が脅しに屈して秘密を明かさなかったことを、母には感謝してもらいたいね」ケイトがここにいる理由をきくこともなく、マックスはぼそりと言った。

ケイトは我慢できずに笑った。

マックスはため息をつくと、書斎を示した。「ちょっといいかな？」

ケイトは乾いた唇を舌で湿した。「もちろん」

マックスはデスクの向こうにまわり、革張りのデスクチェアに深く座ると、鼻梁《びりょう》を指で押さえた。

「母はチャンスをさがしてほしがっている」

ケイトはデスクの前に置かれた椅子に腰を下ろした。「さがすの？」

マックスは自嘲ぎみに笑った。「さがすと約束した。だからさがすよ」

この男性に惹かれてしまうのも不思議はない。彼は約束を守る。責任を果たすことを知っている。好きになってしかるべき男性だ。しかも、彼は私を求めている。不安に思う私がおかしいのだろうか？

「チャンスが無事戻ってくれば、問題ないんでしょうけど」

「ああ。チャンスは長年嘘をついていた父親に腹を立てていたが、事実を知りながらあいつに話さなかった僕のことも怒っていた」

「あなたはただの噂《うわさ》話だと思っていたんでしょう？　それでも彼は話してほしかったの？」

マックスはため息をついた。「あいつは十八歳だった。頑固で尊大だった。今どうなっているか、想像もつかないよ」

「この十年、なにをしているのかしら？」

「以前、夏休みには建設現場で働き、冬休みには事務のアルバイトをしていた。自活するすべは知っているはずだ」

「だから彼は元気でいると思ったの？」

「あいつが孤独で腹をすかしていると思ったら、おちおち暮らしていられないよ」

　もちろんそうだろう。そのときふいにひらめいた。

「彼がどこにいるか、知っているのね？」

「どこに雇われていたかは知っている」

　ケイトは椅子の肘掛けに肘をつき、てのひらに顎をのせた。こんな男性をどうして嫌いになれるだろう？　「あなたが知っていると、もっと早く気づいてもよかったのに」

「酒をやめてからあいつをさがしたんだ。最初の数年はあちこち放浪していたらしい。そのつど建設現場で働いていたが、決まった場所はなかった。それで、つてをたどって、ようやく建設作業員に仕事を斡旋《あっせん》している会社に行き着いた。あいつは思った以上にうまくやっていた」

「よかったわ」

　マックスは立ちあがった。「なんとかしてあいつに会い、家に帰るべきだと説得して、帰ったときにはブランドン・モンゴメリーが本当の父親だと母には言わないようにさせなくては」

　ケイトもゆっくりと立ちあがった。マックスがデスクをまわって彼女の前に立った。ブロンズ色に日焼けした水着姿の彼は、最高にセクシーだ。だが、ケイトの心をとらえたのは、その顔に浮かぶ真剣な表情だった。

「そんな顔で見ないでくれ」

　ケイトはほほえんだ。「そんな顔？」

「僕をこの世界の救世主だとでも思っているような顔さ。僕はただ、問題を解決しようとしているだけだ」

「八年前には解決しようとしなかったわ」

「八年前は僕自身が問題を起こしていた。僕は、あのときの自分に戻らないために酒を断っている男だ」マックスはケイトの肩に手を置き、視線を合わせた。「そのことを覚えていてほしい」

「忘れっこないわ」

「だったら、キスを求めているような目で僕を見ないでくれ」

後悔の念に駆られ、ケイトは一歩下がった。

「昼間僕が言ったことは、自分の人生が以前とは違うと思いこんでいたからだ。だが、母が思い知らせてくれたよ、それは勘違いだったと」疲れのにじんだ寂しそうな言い方だった。ばらばらになった家族を一人で背負う重みに耐えかねているかのように。

ケイトは一歩近づき、マックスを慰めた。「自分をどう思っているにせよ、あなたはいい人よ」

マックスが自嘲するように笑った。

そこでケイトはさらに近づいた。「素直に認めたほうがいいわよ。でないともっと近寄るから。そうしたらあなたにぶつかってしまうわ」

マックスは異議を唱えなかったが、ケイトはまた近づいた。彼の瞳に宿る光が、ケイトの体の奥に火をつけた。マックスに惹かれていることはもはや否定できない。ただ、今までとは違う新たな感情が彼女の中にふつふつとわきあがっていた。私はこの強くて賢明でセクシーな男性を愛している。

マックスの静かな声が耳に届いた。「途中で終わらせるつもりなら、最初から始めないでくれ」

ケイトは自分でも気づかないうちにまた一歩踏み出していた。「途中でやめるつもりだってどうしてわかるの？」

「深入りはしないと言っていた」

「たぶん、気が変わったのね」

次の瞬間、マックスの手が豊かな髪にすべりこんでうなじに触れ、敏感な肌をなぞった。うずくような興奮が体を駆け抜ける。彼のもう一方の手は腰に添えられ、ケイトを引き寄せた。

二人の唇が重なった。そっとやさしく、しかし熱く。かすめるように始まったキスはしだいに激しくなり、飢えたように求め合うものに変わった。マックスはケイトの唇を開かせて舌を差し入れ、混乱のきわみに陥れた。彼女の頭の中で稲妻が光り、血管に雷がとどろいた。

マックスが体を離したとき、ケイトは倒れそうになった。

「僕はずいぶん変わった。年を重ね、知恵を身につけた。だが、僕の人生はまだ混沌《こんとん》としている。友達もいらないし、ベッドの相手もいらない。僕が欲しいのは真のパートナーだ。僕を支えてくれ、ベッドを温めるだけでなく、人生を分かち合ってくれる相手。君ならそのパートナーになってくれると確信している。もう二度と君を放さない」

11

マックスが書斎を出ていくと、ケイトは震える指を唇に走らせた。もしもかすかにせよ以前のマックスやかつての結婚生活のせいで不安を抱いていたとしても、今のキスで完全にぬぐい去られた。

その一方で、彼の言いたいことも理解できた。二人が愛し合うとしたら、中途半端な気持ちは捨てなくてはならない。ただ、わずか二カ月で互いの愛が本物だとどうしてわかるだろう？

再び外に出たときには、子供たちはみんな帰っていた。ケイトはトリシャに帰り支度をさせ、アネットとグウェンにさよならの挨拶をさせると、マックスのほうを向いた。彼の瞳はまだ情熱に輝いていたが、ケイトの心を打ったのはさっきの彼の言葉だった。彼は言った。二度と君を放さないと。

その言葉を聞いて、胃が締めつけられ、心臓が滑稽なくらい激しく打ち、呼吸が乱れた。マックスは、経験不足の女子大生と、魅力的ではあるけれど父親との間に問題をかかえた若者には交わせなかった約束を求めている。私に愛してほしいと望んでいるのだ。本当の彼を。欠点もなにもかも含めて。

ケイトは片手をトリシャの肩にのせ、車に向かった。乗りこむとすぐにエアコンをつけ、ほてった体を冷やそうとした。だが、むだだった。

年を重ね、賢くなった今は、町でいちばん裕福な男性と結婚してそれからずっと幸せに暮らすなどという人生はありえないとわかっている。人生には紆《う》余《よ》曲折がつきものだ。私が心から求めているのは、地に足のついた男性との堅実な生活。人生にはときに災難が降りかかると知っていて、なおかつその災難に立ち向かうすべを心得ている男性との。

しかし、そこまで考えても、一つの事実が影を落としていた。私は今のマックスを二カ月間しか見ていない。大事な約束をするのに十分とは言えない。

「来週また泳ぎに来たらいいってパパが言ってた」

「そう？」来週の日曜日にはテネシーに帰る予定だ。帰らないでここにいる？　ずっと？

マックスにはそうしてほしいと望む資格があるかしら？　早すぎはしない？

ああ、どうしよう、頭がどうかなりそうだわ。

月曜日の午後、マックスが時間を作ってトリシャに会いに来ると、ケイトは提案した。トリシャとアイスクリームを食べに行くか、公園かショッピングモールに出かけたらどうかと。マックスは、初めてトリシャに会うときのような不安な表情を見せることはなかった。娘と二人きりの時間を楽しめるとわかっているのだろう。

四時にトリシャを連れて帰ってきたマックスは、間違いなく楽しんだようだった。トリシャを自分に預けてくれたことに礼を言い、娘に別れのキスをして、車に向かった。戸口でマックスを見送りながら、ケイトは引きとめたくてたまらなかった。彼と一緒に行きたくてしかたなかった。

マックスへの気持ちはあまりにも強く、その夜、ケイトは彼に電話をかけた。携帯電話の番号は知らなかったので、家の電話にかけてみた。結婚していたころに使っていた番号だ。意外なことに、つながっただけでなく、マックスが出た。

「やあ」驚きを含んだ楽しそうな声が聞こえた。

「私……」ああ、もう。電話の理由は山ほど考えてあったのに、急にどれも白々しく思えた。ケイトは深呼吸をした。二人の間で取りつくろう必要はない。単刀直入に言えばいい。「あなたが日曜日に言ったことについてずっと考えていたの」

「それで？」

「それで、約束を交わすのは早すぎるんじゃないかと思ったのよ」

マックスは笑った。「その前になにをしたいんだい？　デート？」

「それは照れくさいわ」

「そんなことはないさ」

胸がどきどきした。私たちは決断を下そうとしている。再婚はしないかもしれないけれど、結婚に向けて進もうとしている。ふいに自分にまつわるすべて――家族や友人やテネシーでの生活が鉛のように重く両肩にのしかかってきた。

そのとき、マックスが言った。「外泊についてトリシャに説明しないといけないな」

体の内側が欲望でかっと熱くなった。ケイトが黙っていると、マックスは笑った。

「わかったよ。外泊を持ちかけるのは早すぎた」

それでもまだケイトは口をきけなかった。こんなふうに期待と恐れを同時に感じたのは初めてだ。

「ところで、チャンスに会う日時を決めたよ」

ケイトは声を取り戻した。「決めた？」

「ああ。金曜日に自家用機で行ってくる。奇遇だが、あいつは今、テネシーに住んでいるんだ」

ケイトは笑った。「嘘《うそ》でしょう」

「それで、もし君が僕と一緒に来てくれるなら、楽しい旅になると思う。君も友達を訪ねたり、会社に顔を出したり、着替えをつめたりしたいだろう？」

確かに楽しい旅になるはずだ。それに、このままここにいるとすれば、もっと服がいる。「テネシーの家からセーターを何枚か持ってきたいわ」

「トリシャは置いていくかい？」

胸が締めつけられた。トリシャを置いていく？ それで、彼の自家用機の中でベッドをともにするの？ あるいは私のタウンハウスで？ 「あの子も自分の友達に会えたら喜ぶんじゃないかしら」

「よし」

マックスがあっさり折れ、ケイトはほっと息をついた。これでいい。でも、自分がなにをしようとしているか本当にわかっているの？

金曜日の朝、マックスが迎えに来たとき、Ｔシャツとジーンズ姿の彼を見てケイトは驚いた。自分とトリシャはカジュアルな服装だが、マックスはスーツを着てネクタイを締めてくるものと思っていたのだ。十年ぶりに弟に再会するときは、もっと見栄えのする服に着替えるのだろうか？

飛行場へ向かう車の中できいてみようとして、チャンスに関することに触れるのは危険だと気づいた。後部座席に座ったトリシャは無邪気にレイチェルの髪をいじっているが、なにを聞いているかわかったものではない。

自家用機に乗りこむと、トリシャがケイトとマックスの間に座ったので、やはりケイトはなにもきかなかった。だが、トリシャを友達のティーガンの家で降ろし、テラスハウスの前でレンタカーをとめたとき、テニスシューズをブーツに替えるべきかとマックスが尋ねた。ケイトはとうとう我慢できずにきいた。「どこでチャンスと会うの？」

マックスは彼女のあとについて玄関ホールに入った。「あいつは今、建設現場にいる。今日は金曜日だよ。まだ働いている時間だ」

「それで彼の仕事場へ行くの？」ケイトは賛成しかねると言いたげに目を細めた。

マックスはスツールに座り、ブーツに片足を入れた。「現場監督の許可はもらっている」

胃の中の違和感が疑念に変わった。「あなたが行くことを彼に知らせていないのね？」

彼はもう一方の足もブーツに入れた。「そうだ」

「マックス！　それがいい考えだと思うの？」

「あいつは僕に見つかりそうになるたびに仕事を替える。だが、今回はどうしても話をしなくては。話をする前に逃げ出す隙を与えたくない」

「会ってしまえば逃げ出さないとなぜわかるの？」

「あいつはばかじゃない。ただ頭にきているだけだ。会えばいやいやでも時間を取ってくれるだろう。話ができればそれでいい」

ケイトは長いため息をついた。マックスの言っていることはわかるけれど、状況を甘く見ているような気がする。部屋の中を見まわし、彼女は心を決めた。「私も一緒に行くわ」

「ケイト……」

「彼は私を知っている。それに、私のことは怒ってない。あなたにとっては有利な材料になるわ」

マックスは立ちあがった。「そうかもしれないが、建設現場はここから一時間くらいかかる。チャンスと話をするのに一時間、戻ってきてトリシャを迎えに行くのにさらに一時間かかる。せっかく君がテネシーで過ごせる時間を奪いたくないんだ」

ケイトは肩をすくめた。「かまわないわ」

マックスはかぶりを振った。「どうかしているよ。チャンスがどんな男になっているか、まるでわからないのに。だが、君が一緒に行きたいと言うのなら、調停役を買って出てくれたことに感謝するよ」

州間高速道路を四十分、そこからさらに田舎道を二十分走ると、タウンハウスの立ち並ぶ小さな町に着いた。

「チャンスは、家の改築工事を請け負う仕事をしているんだ」

やがて、〈ターナー建設〉という名が書かれたさまざまなトラックが路肩にとめられている通りに出た。一軒のタウンハウスの前で、二人の男性が車のボンネットに向かって立っていた。ボンネットの上には設計図が広げられている。

マックスが指さした。「あれがジョシュ・ターナー、ここの現場監督だ。二日かけて彼をさがし出し、チャンスに行き着いた」

二人はレンタカーから降りた。マックスは二人の男性に近づいていくと、一人に手を差し出した。

「マックス・モンゴメリーです」

「ジョシュ・ターナーです」横にいる男性を下がらせると、ジョシュはマックスの手を握った。「お会いできて光栄です、ミスター・モンゴメリー」

「こちらは元妻のケイトです」

ジョシュはケイトとも握手をした。「はじめまして」それからまたマックスのほうを向いた。「チャンスは家の中にいます。呼びましょう」そう言うとポーチの階段をのぼって中に呼びかけた。「おい、チャンス！　お客さんだぞ」

ケイトはうしろに下がった。チャンスはこれから会うことになるのが兄だとは知らない。十年間、家に帰らず、兄に居所を突きとめられそうになるたびに姿を消していたチャンスを思うと、これが愉快な再会になるとは思えなかった。

ジョシュが車のところに戻ってきた。「家の土台だけ残してすべてを解体しているところなんですよ。工事が終われば見違えるようになるはずです」

「骨組みはしっかりしていますからね」マックスがうなずいた。

そのとき、男性が一人、タウンハウスから出てきた。十年前のマックスのようにひょろりとして、マックスそっくりの豊かな黒髪とモンゴメリー家特有のブルーの瞳が印象的だ。チャンスに違いない。

悠然と近づいてきながら、マックスと同じようにセクシーな魅力を発散している。ほほえむと厚い唇の端が上がり、瞳が輝いた。「なんだい？」

ジョシュがわきにどくと、マックスの全身があらわになった。

チャンスは足をとめ、いぶかしげに目を細めた。

「マックス？」

マックスは前に出た。「チャンス」

チャンスが愕然《がくぜん》としたようすでジョシュのほうを向いた。陽気にきらめいていたブルーの瞳が、今は怒りでぎらついている。「このために僕を呼んだのか？」

ジョシュが悪びれない表情で肩をすくめた。

チャンスはいらだたしげにうなった。「この男がだれか知っているのか？」

ジョシュは当惑している。「お兄さんだろう？」

「十年間、口をきいていない兄だ！」チャンスは腹立たしげにかぶりを振り、それから顔を仰向けた。

マックスはさらに前に出た。「なにもかも僕が計画したことだ。まずミスター・ターナーを見つけ出し、おまえと面会させてほしいと頼んだ」

「そうだろうよ、こっちは会いたくないんだから」

チャンスはくるりと背を向けると駆けだし、路肩にとめてあったバイクにまたがってエンジンをかけた。そして、唖然《あぜん》としているマックスとケイトとジョシュを尻目にあっという間に走り去った。

マックスは悪態をついた。

ジョシュが首を振った。「あなたに会って喜ぶかと思ったのに」

「ちょっとした感情の行き違いがありましてね」

「なぜ第三者に面会を頼むのか不思議に思っていたんです」ジョシュはまた首を振った。「彼にはだれかが必要です。まったくの独りぼっちですから」

「あいつはずっとそうだった」

「ただ、恐ろしいほど頭が切れる」ジョシュがマックスを見た。「去年の今ごろ、彼は私のもとで働いていたのに、今では古いタウンハウスを次々買い、改築して売りに出している。噂《うわさ》では相当もうけているようですよ。でも、孤独です。あなたから電話をもらって兄だと打ち明けられたとき、ほっとしたんです。ところで、来週の月曜日に支払いがあるので、そのとき彼は姿を見せるかもしれません」

「それはいい」

ジョシュは設計図をまるめ、タウンハウスのほうへ歩いていった。

ケイトはマックスを見た。「月曜日まで待って、彼が戻ってくるかどうか確かめる？」

「あいつは戻らない」

「そう言いきれる？」

「あいつは僕を憎んでいる。僕が父の隠し事を知っていたのにそれをあいつに教えなかったからだと思っていたが、十年たって……」マックスは深いため息をついた。「僕の知らない理由があるように思えてきた。それがなにか、あいつは話そうとしない」

二人とも黙りこんだまま、ケイトの家に帰り着いた。トリシャはまだ帰りたくなくて口をとがらせたが、自家用機が離陸すると眠りに落ちた。

ケイトがマックスの隣の座席に座った。「ごめんなさい」

「君があやまることはない」マックスはケイトに腕をまわして引き寄せた。「それより感謝しているよ。こうして話ができる相手がいて」

ケイトがマックスの胸に顔をすり寄せた。ケイトの背中を撫《な》でると、穏やかな幸福感が彼の心を満たした。彼女にまた会えるとは思っていなかった。まして再び彼女に愛してもらえるようになるとは。

彼女は僕を愛してくれている。確かにそう感じる。彼女のほほえみに、しぐさに、僕への愛がうかがえる。

タイミングを見てケイトをベッドに誘うつもりだった。今、トリシャはすやすやと寝ているが、チャンスについてもっと話をしなければならない。トリシャが起きたらできない話を。

疲れきっていたにもかかわらず、マックスはケイトの実家まで車を走らせた。玄関ホールに入ると、ベヴがすぐにトリシャを二階に運んでいった。

「ありがとう、お母さん」ケイトは母親の背中に声をかけた。それから、爪先立ってマックスの唇にそっとキスをした。

マックスは興奮が下腹部を突くのを感じた。テネシーへの旅にどれだけトリシャを置いていきたかったことか。どれほどケイトと二人きりになりたかったことか。いったん二人きりになったら、自然にベッドをともにすることになるという確信があった。ただ、ケイトは明らかに不安を抱いていた。だから、トリシャを連れていこうという彼女の提案を受け入れたのだ。喜んで、とまではいかなかったが。

だから今、ケイトにキスをされ、マックスもキスを返した。思いのたけをこめて。こんなに相性がぴったりなのだから、不安がる必要はないことをわからせるために。ようやく体を離したとき、二人とも息を荒くしていた。

「この問題をどうにかしないといけないな」

ケイトはマックスのTシャツの前に指をすべらせた。「だから今夜あなたのところへ行こうと思っていたの。一人で」

マックスは動きをとめた。「本当に？」

「お互いに大人の時間をともにしようという気になっているんじゃないかしら」

安堵《あんど》が胸に広がった。「ああ、僕たちには確かに大人の時間が必要だ」

「トリシャが眠ったら家を出るわ」

「ご両親にはなんて言うんだい？」

ケイトは顔をしかめた。「さあ」それから笑った。「十九歳のころ、あなたと一緒にいるためにこっそり家を抜け出そうとしたときよりむずかしいわね」

マックスは忍び笑いをもらし、ケイトの手を取って指先にキスをした。きっと両親にはうまく言いわけするはずだ。彼はしぶしぶうしろに下がり、名残惜しげに彼女の手を放した。「一時間後に会おう」

ケイトはほほえみ、階段に向かった。「ええ」

マックスは階段をのぼるケイトを見送り、向きを変えた。居間の前を通るとドアが開いていて、テレビで野球の試合を見ていたデニスがこちらを向いた。

気づかないふりをするよりはと、マックスは居間に入った。「どっちが勝ってます？」

「パイレーツだ」

「万年最下位チームにとって歓迎すべき変化ですね」デニスが笑い、マックスはドアのほうを示した。「帰りますね」

「そうか」そこでデニスは首を横に振った。「いや、ちょっと待ってくれ」

デニスはマックスのよき味方というわけではなか

ったが、最近の二人の関係は良好だった。だから、待ってくれと言われても意外ではなかった。

　マックスが隣の椅子に座ると、デニスは言った。

「ビールを勧めたいところだが、君も私も飲むのはまずいからな」

　マックスは思わず笑った。

「おかしいかね？」

「あなたの言い方が。僕の飲酒については笑い話ではすみません」

「今は飲んでいないんだろう？」

「ええ、飲んでいません」

「この先ずっと、永遠に？」

「それは約束できません」

「だろうな」デニスはマックスの目を見つめた。「ケイトとまた誓いを立てる前に肝に銘じてほしいのはそのことだ。永遠の約束などありえない」

12

　ケイトはマックスと過ごす夜のために念入りに身支度を整えた。不安はなかった。彼への欲求があまりに強すぎて、抑えこむのに疲れていた。彼もたぶん同じだろう。ただ、二人がベッドをともにするのにはもう一つ理由があるように思えた。二人の気持ちが固まるまでお預けにすれば、強い欲求に引きずられて間違った判断を下しかねないという理由が。

　ケイトはそろいのブルーのブラジャーとショーツを身につけた。それから、細い肩紐《かたひも》つきの淡いブルーのサンドレスを頭からかぶって着た。丈が短く、プールできれいに日焼けした肌を引きたててくれる。

　ケイトは階段を下り、キッチンに行った。「お母さん、トリシャは寝たわ。私はちょっと買い物に行ってくるわね」

「買い物？」母が大声でききき返した。「もう九時よ」

「そうね。ちょっとこまごましたものを買ってきたいだけ」ケイトはもごもごと言った。もっとも、マックスの家へ行く前に実際にショッピングモールに立ち寄るつもりだった。そうでなければ、嘘《うそ》をついたことで自己嫌悪に陥ってしまうだろう。

夜遅くとあって、モールはすいていた。必要なものを買うと、ケイトはまっしぐらにマックスの家に向かった。車から降りながら、頬がほてり、手が汗ばんでいるのを感じた。マックスと別れてから、だれともベッドをともにしていない。未熟さで彼をがっかりさせたくはなかった。

玄関に着くと深呼吸し、それからベルを鳴らした。

マックスが出てくるまで少し間があった。シャワーを浴びていたのだろう。彼はケイトのサンドレスから脚へと視線を下ろし、瞳を熱く輝かせた。

「ゴージャスだね」マックスはケイトを抱き寄せ、キスをした。

ようやく彼が体を離したとき、ケイトは息を切らして言った。「まあ、年がいもなく」

マックスは笑い、もう一度激しくキスをした。今度はゆったりと楽しめた。マックスについて知りたいことはすべて知っている。彼は愛するに足る男性だ。信頼するに足る男性だ。彼への愛と信頼はほとんど永遠に続くだろう。

そのことは、頭ではなく心でわかっている。

しかし、マックスは再び体を離した。瞳の中で激しい感情がせめぎ合っている。「これが正しいことかどうか、僕には確信が持てない」

マックスは気が変わったのだとわかっても、ケイトは不安にならなかった。よりを戻すことについて考えはじめるのは、大きな第一歩だが、彼女には確信があった。これまでの人生を振り返って、これほど強い確信を持ったことはない。彼のもとを去ったのは、彼がお酒に溺れたからだ。嘘をつき、問題から目をそらしていたからだ。彼は今、どの過ちも犯していない。

「なんですって？　トランプするほうがいいの？」

　マックスが笑うと、ケイトは背伸びをして彼にキスした。それがマックスの体に火をつけたように、彼はキスを返し、舌をからませて、ケイトのあらわな背中に手をすべらせた。

　だが、突然また彼女を放し、あとずさった。「だめだ」悪魔に苦しめられているかのように、マックスはかぶりを振った。「こんなことはよくない」

　ケイトの心臓は狂ったように打ちだした。「よくないわけがないわ」

　マックスはさらにあとずさった。「ケイト、僕は気が変わったんだ」

　早鐘を打っていた心臓の鼓動がいきなりとまった。失望と混乱のあまり、体から力が抜けていく。「なぜ？」

「なぜか？　わかるだろう。僕はかつて君をつらい目にあわせた。君はまた苦しめられたいのか？　僕がまた酒を飲みはじめたらどうする？」

「あなたは飲まないわ」

「そうかな。君にわかるのか？」

　ふいにケイトは、マックスがなにを言ってもらいたがっているか気づいた。「ええ、わかるわ」

　マックスは怒りに顔をゆがめた。「君にわかるわけがない！　僕自身にさえわからないのに！」

「私はあなたを信じているのよ！」

　マックスは顔を仰向け、きつく目をつぶった。

「自分を信じられない僕を、どうしたら信じられるんだ？　僕には毎日が闘いだ。少しでも気をゆるめたら、また酒に手を出してしまう。君は僕が与えられないものを求めているんだ。今日になって悟った。君に正直にそのことを話さなくてはならないと」

ケイトは疑わしげに目を細めてマックスを見た。どうも腑《ふ》に落ちない。チャンスとの再会がうまくいかなかったことを除けば、今日は二人にとってすばらしい一日だった。「なんの話をしているの？」

「永遠についての話だよ。君は永遠を求めている。僕は君に永遠を約束することはできない」マックスは冷蔵庫の前に行き、レモネードを取り出してグラスについだ。「今日、君のお父さんがそのことを思い出させてくれた」

「父が？」

「ああ。お父さんは目が見えないわけでも耳が聞こえないわけでもない。僕たちは居間のすぐ前でキスをしたり話をしたりしていた。よっぽどの間抜けじゃない限り、行き着く先はわかる。だから、お父さんは僕に釘《くぎ》を刺したんだ。僕は君に永遠を約束することはできない。自分にも約束できないんだから」

ケイトにはマックスの話がまるで理解できなかった。「あなたがなにを言いたいのかわからないわ」

「こんなことはよくないということだよ」マックスはカウンターにもたれかかった。「家に帰るんだ。テネシーに戻るんだ。僕は年に数回トリシャに会うつもりだ。君がつき添ってくれてもいいし、母を立ち会わせてもいい。あるいはアネットに頼むか」

ケイトの胸は彼への愛で温かくなると同時に、彼への同情で締めつけられた。「ああ、マックス」

マックスは唾をのみこんだ。「行ってくれ。頼む」

ケイトの目に涙があふれた。マックスの言いたいことはわかる。自分もその恐れと向き合っているのだから。でも、父はマックスに直接問いただしたのだ。それに対して彼は、決してお酒を飲まないとは言えなかった。永遠を誓うことはできなかった。

ケイトはドアに向かった。マックスが今は支えを求めていないとわかったからだ。けれど、いずれこの問題に立ち向かうことになるだろう。どうにかして解決するだろう。「明日また会いましょう」

「だめだ！」マックスは首を横に振った。「僕たちは距離を置いたほうがいい。テネシーに戻るんだ」

ドアノブに手をかけたまま、ケイトは固く目を閉じた。それでも、望みを失うまいとした。明日になれば、このことについて話し合える。彼は過剰反応だったことに気づいて電話をかけてくるはずだ。

だが翌朝、電話はかからなかった。昼にもかからなかった。午後に訪ねてくることもなかった。翌日もその次の日も同様だった。ケイトが電話をかけても、マックスは出なかった。会社まで行ったが、会ってはもらえなかった。彼の家に行くと留守だった。

怒りと不安で胃が痛み、気分が悪くなるほどだった。わけがわからずにいるトリシャを、ベヴがショッピングモールへ連れていった。気がつくと、ケイトはデニスと二人きりになっていた。

「話をしないといけないな」父親が言った。

ふだんなら数カ月前に心臓発作を起こした父を気遣うところだが、ケイトはいらだちを覚えた。「なぜ？　私の人生に口を出すつもり？」

父はため息をつき、かぶりを振った。「マックスはアルコール依存症だ」

「立ち直りつつあるわ」

「だが、完全に立ち直ってはいない。おまえはなぜわざわざトラブルの中に飛びこもうとするんだ？」

ケイトは顎を上げた。「彼を愛しているからよ」

「彼はいつだっておまえを思いどおりにしてきた」

「再会してからは、彼は一度も私を思いどおりにしようとしなかったわ。お父さんは彼のことがわかっていないのよ」

「わかっていないのはおまえだ！」

ケイトはバッグをつかんで玄関へ向かった。「わかっているからこそ、彼との関係をお父さんに壊させまいとしているの。この問題は必ず解決するつもりよ」

「ほらな。そう言うと思った」

ケイトは足をとめた。

「おまえはまた彼に振りまわされるつもりか？」

全身の血が凍りつき、ケイトはバッグを下ろした。

「おまえが問題を解決することはできない。解決できるのは彼だけだ」

ケイトはマックスが電話をかけてくるか訪ねてくるのを待ったが、むだだった。日々はゆっくりと過ぎていった。蛇口からしたたる水のように。テネシーに戻る日の前日、航空券を予約した。マックスは問題を解決しようとはしなかった。たぶん、どうすればいいのかわからないのだろう。父の言葉は正しかった。私にはどうにもできない。ここを去るしかないのだ。

両親が空港まで車で送ってくれた。ケイトは窓の外を眺め、トリシャは的はずれのあいづちを打つ祖母を相手にしゃべりつづけた。

空港に着くと、父は苦労して車から降り、母はトリシャが降りるのに手を貸した。ケイトはトランクを開けて荷物を下ろそうとする父をとめた。

「大丈夫だ。リハビリは魔法みたいに効いている」

ケイトはほほえんだ。「ええ、わかっているわ」

「もう私のことを怒っていないのか？」

「最初から怒ってなんかいないわ。怒っていたのはマックスに対してよ。それから、また彼を信じてしまった自分に怒っていたの。そして今は、ただ悲しんでいるだけ」現にケイトの胸は張り裂けそうだったが、それを父に話すつもりはなかった。

「トリシャのことはどうするつもりだ？」

ケイトは肩をすくめた。「マックスはテネシーに訪ねてくると言っていたわ。だから、ようすを見るつもり」

父はケイトの腕をつかんだ。「訪ねてくるさ。彼はいい男だ」

「でも、結婚するほどいい男じゃない」

「永遠を約束できないのならな」

ケイトは力なくほほえんだ。「そうね」

係員がチェックインの手続きをし、荷物を預かった。トリシャとケイトはそれぞれデニスとベヴにさよならのキスをして、エアコンの効いたターミナルへ向かった。エスカレーターの途中で、ケイトはふと振り返った。マックスは変わったと確信していた。正直で信頼できて強い人間になったと。その新しいマックスなら私を手放すはずがないと信じていた。でも、こうして私とトリシャは搭乗前のセキュリティチェックを受けようとしている。

彼は私を手放したのだ。

二週間後、マックスは一枚の写真を見ていた。アネットから渡されたものだ。トリシャが友達とプールで遊んだ日、秘書はカメラを持ってきて、子供たちだけでなく、マックスと娘が一緒にいるところも撮っていた。彼とケイトが一緒にいるところも。

マックスが見つめているのはその写真だった。

ケイトを手放したことで、彼は身を引き裂かれるような苦しみを味わった。それでも手放したのは、彼女はもっといい人生を歩む資格があると思ったからだ。いつかまた自分の夫が重圧に負けて酒に溺れ、二度と立ち直れなくなるかもしれないと恐れつづける人生よりも。

ああ、だが、つらくてたまらない。

「社長……」アネットが突然オフィスに入ってきた。「息子がランチを忘れていったので、これから学校へ届けに……」秘書は言葉を切り、哀れむようにまなざしをやわらげた。「その写真を見たらつらくなるんじゃないかと思っていました」

　マックスは写真をデスクに投げた。「つらくはないさ」

「それならいいですけど」アネットはデスクの前の椅子に座った。「彼女について話したいですか？」

「なにを話すんだい？　僕はアルコール依存症だ。そんな男は信頼できない」

　アネットがぽかんと口を開けた。「彼女がそう言ったんですか？」

「僕が彼女にそう指摘したんだ」

　アネットは顔をしかめた。「彼女を追い返したんですか？　なんてばかなことを」

「そうかい？　来年の今ごろは、僕はまた酒に溺れて落ちぶれきっているかもしれないんだぞ」

「考えてみてください。だれだって来年の今ごろも五体満足でいるかどうかすらわからないと思いませんか？」

　マックスは眉根を寄せた。

「来年、交通事故にあわないなんてだれが約束できます？」

　マックスはうなった。「ばかばかしい」

「そうかもしれません。肝心なのは、少なくともあなたは自分の問題を知っているということです。自分の依存症を。それを抑えることも知っている。なのに、そうしてまた依存症に振りまわされている」

「どうしようもないんだ」

「いいえ、そんなことはありません！」アネットは首を振った。「この七年間、あなたは依存症を抑えていました」

　マックスは息を吸いこんだ。「確かに今は抑えている。だが、結婚とは永遠に続くものだ。僕が永遠の約束を彼女に与えられないことは、君も否定できないだろう」

アネットは鼻を鳴らした。「そもそもだれだって永遠に生きるわけじゃないんですよ。この七年間、私はあなたを見てきました。あなたが完全に立ち直ったとは言いません。でも、生き抜くすべを身につけたとは言えます」彼女は立ちあがった。「ビリーのランチを届けに学校まで行ってきますね」

秘書が出ていくと、マックスは窓辺へ行き、この七年間を振り返った。それから、この二週間を。トリシャとケイトがどんなに恋しかったことか。だが、胸の痛みを癒やすために酒を飲もうとは一度も思わなかった。むしろ、しらふでいようといっそう決意を固めたほどだ。

僕には生き抜くすべがある。

一日を耐え抜くすべが。それを毎日繰り返せばいい。一日、また一日と。そうすれば永遠にたどり着ける。

そうじゃないか？

それとも、単なる希望的観測だろうか？

土曜日の朝、ケイトは遅くまで寝ているつもりだった。テネシーに戻ってから、毎晩仕事を家に持ち帰って遅れを取り戻さなければならなかったが、以前の生活に戻りつつあった。胸の痛みを除いては。

目覚まし時計が七時に鳴ったとき、ケイトはベルをとめ、寝返りを打って眠りに戻った。正確には四分だけ。なぜなら玄関のベルが鳴ったからだ。

ケイトはベッドからころがり出ると、だぶだぶのパジャマのズボンを引っぱりあげ、タンクトップの裾を下ろした。ローブをはおることもないだろう。髪もくしゃくしゃだが、朝七時にベルを鳴らすような礼儀知らずにはこれで十分だ。

ベルが再び鳴った。トリシャを起こさないようにケイトは階段を駆けおり、ドアノブをつかんで引き開けた。「まあ！」

マックスが眉を上げた。「まだ寝ていたんだね」

マックス？　マックス！　胸に喜びと感謝、さらに考えつく限りの明るい感情がこみあげた。それから、彼はトリシャに会いに来たのだと気づき、すべての感情がしぼんだ。

　マックスが中に入れるよう、ケイトはドアから離れた。また彼に傷つけられるのはごめんだった。というのも、長袖のシャツと黒っぽいズボン姿の彼はあまりにもゴージャスで、つい見とれずにはいられなかったからだ。

　ケイトがソファにどさりと座ると、マックスはおいしそうなにおいのする茶色の紙袋をコーヒーテーブルに置いた。「ドーナツを買ってきた」

　その言葉に反応しておなかが鳴ったが、ケイトは無視した。「トリシャの大好物よ。起こしてくるわ」

　ソファから立ちあがり、マックスの横を通ろうとしたとたん、手をつかまれた。

「まだだ。君ともうしばらく二人でいたい」

　ケイトはいぶかしげに目を細めた。

「言っておきたいことがある」

　ケイトはぐいと手を引き抜くと階段へ向かった。

「言うべきことはもう言ったはずよ」

「まず君を愛していると言うべきだった」

　それを聞き、ケイトは立ちどまった。

「僕はやはり君に永遠を約束することはできない。ただ、アネットに指摘されてわかった。人はいつ交通事故にあうとも限らない、それでも永遠の愛を誓うのだと」

　マックスのそばに戻ったケイトは、熱でもあるのかと彼をまじまじと見たいのをなんとかこらえた。

「自家用機で酸素欠乏になったの？」

「酸素は十分あった。話を聞いてくれ」マックスはケイトの手を取ってソファに座らせ、自分も隣に腰を下ろした。ケイトはそこで初めて、彼がドーナツの袋のほかにブリーフケースを持ってきていたのに気づいた。マックスはブリーフケースを開けた。

ケイトは片目をつぶり、それからもう一方の目もつぶると、両方をいっぺんに開けた。この状況があまりに現実離れしていて、夢ではないかと思ったのだ。マックスの腕の中に飛びこみたい衝動に駆られつつも、彼がここにいることが信じられなかった。

これは夢に違いない。現にテネシーに戻ってからマックスの夢を一度ならず見た。だいたい、展開がおかしい。彼が話すことはまったく理解できないし、ブリーフケースはどこからともなく現れた。すると、マックスがブリーフケースからなにかきらきらするものを取り出し、ケイトに手渡した。

花瓶だ。

ケイトは目を閉じ、また開けた。やはり花瓶だ。重い。じっくり見て、息がとまりそうになった。

「両親が贈ってくれた花瓶だわ」

「複製だ。アネットがインターネットで見つけてくれた」

「あれの代わりね」自分でも声に驚きがにじむのがわかった。目は涙でいっぱいだ。「割ったことに気づいてさえいないんじゃないかと思っていたわ」

「目覚めて妻が家を出ていったのに気づいた日のことは忘れられない」

ケイトは花瓶を見つめた。

「それを買ったのはもう何年も前だ。そう、君が出ていった日だよ」マックスはため息をついて天井を見あげた。「あの朝、階下《した》に下りていったら、窓ガラスやグラスやクリスタル製品が割れていた。前夜のいさかいはほとんど覚えていなかったが、棚に花瓶がないのを見て、君が家を出た理由がはっきりとわかった。だから君が帰ってくるまでに代わりのものを用意しておこうと思ったんだ」

マックスの気持ちを思い、ケイトは胸が締めつけられた。自分の帰りを待つ彼の姿がありありと思い描けた。「でも、私は帰らなかった」

「ああ。君は忽然《こつぜん》と消えてしまった」

ケイトは花瓶を手に持ったままマックスに顔を向けた。「私をさがし出すこともできたのに」

「僕の自尊心は君が自ら帰ってくることを望んでいた」マックスは花瓶を指さした。「ただ、君の忍耐が限界を超えてしまったことはわかっていた。花瓶の代わりを手に入れても問題は解決しないことも。だからＡＡに参加した。君が帰ってきたとき、しらふで迎えられるように」

「私のためにお酒をやめたの？」

マックスはため息をついた。「きっかけは君のためだったかもしれないが、それからずっと酒を断っているのは自分のためだ」彼は逡巡《しゅんじゅん》しているようにソファの上で身じろぎした。

ケイトは先を促すことなく、ただじっと待った。

心臓は喉元までせりあがり、気を失うのではないかと心配になるほど脈が遅い。彼がここにいる。私を愛してくれている。割った花瓶の代わりを持ってきてくれた。でも、早合点してはならない。彼が言うべきことを言うまで待たなくては。

ついにマックスが再び口を開いた。「三年たたないうちに、君はもう帰らないと悟り、その事実を受け入れようとした。だがある夜、我慢できなくなった。君が帰らないなら酒を飲まずにいられなかった。僕は座ってスコッチのボトルを何時間も見つめていた。飲みたくて酒の味を生々しく舌に感じるほどだった。自分の努力はすべてむだだったと思った。ところが、結局飲めなかった。それどころか、ボトルを開けてワンショットつぐことさえできなかった。うろたえたよ。その理由に気づくまでは」

マックスをじっと見つめ、ケイトはささやいた。

「なぜだったの？」

マックスは肩をすくめた。「僕の人生は毎朝最悪の二日酔いで目覚めることでも、自分が傷つけた人を思って苦しむことでもない。父と対立していたときでさえ、人生はもっと生きやすかった。もう酒は飲みたくなかった。これ以上人生をつらいものにしたくなかった。僕はスコッチを棚に戻し、翌朝には父から会社の支配権を取りあげた。すでに経営に関してはほとんど肩代わりしていたんだ。ただ、会社を立て直せるかどうかは自信がなかった」

目に涙をいっぱいにためながら、ケイトはにっこりした。「あなたは立派に立て直したわ」

「ありがとう」マックスはソファに座るケイトの体をさらに引き寄せ、目尻ににじむ涙をぬぐった。「酒をやめるのは君が思うほど大変ではなかった」

「私、あなたを思って泣いているんじゃないわ」

マックスは意外そうに眉を上げた。

「これがうれしくて泣いているの」

マックスは花瓶を見おろした。「君が喜んでくれると思ったよ」

「ええ」ケイトは彼の胸にそっと指を這《は》わせた。「あなたは純金のハートの持ち主ね」

「そうなるよう努力しよう。一生努力すると誓うことならできる」

「お返しに私にも誓ってほしい？」

「僕ともう一度結婚してほしい」

喜びとともに笑いがこみあげ、ケイトは十九歳のときのようにくすくす笑った。マックスと出会ったときのように。「ほんと？」

「やり直すチャンスはいらない。僕は一から始めたいんだ」

ケイトは彼の手を取った。「私も」

「ほんとかい？」

心臓が早鐘を打っている。彼の腕の中に倒れこみたくて体がうずうずしている。だが、二人とも自分を抑えていた。「私たち、なぜこんなにぐずぐずしていたのかしら。あなたを愛しているわ」

「僕も君を愛している」

「あなたと結婚したい」

「僕もだ」

「じゃあ、キスして、早く！」

それこそマックスが求めていた言葉だった。彼はケイトを腕の中に抱き寄せ、唇を重ねた。気持ちを伝え合うやさしいキスは、やがて舌をからませる情熱的なものに変わった。以前ブルーのサンドレスを着て彼の家に行ったとき、ケイトは不安だった。今朝は恐れはみじんもない。

トリシャが目を覚ますまでせめてあと三十分はあるはずだ。ケイトはマックスの胸をなぞり、シャツのボタンに手を伸ばした。

マックスが体を引いた。「本気かい？」

ケイトはうなずいた。「あと三十分はトリシャは起きないわ」

マックスはケイトをソファに横たえた。

そのとき、肩を軽くたたかれるのを感じた。とんとん。無邪気なたたき方だ。

マックスはさっと体を引き、振り向いた。

「おはよう、パパ」

「やあ、かわいこちゃん」マックスは急いで体を起こすと、ケイトを抱き起こし、もう一方の腕をトリシャにまわして、二人いっぺんに抱き締めた。

それまで血管を駆けめぐっていた情熱が、胸を締めつけるような感謝の念に取って代わられた。僕は二人を取り戻した。そう言ってよければ、永遠とは今この瞬間に宿っている。僕はずっと手に入れていたのだ。

「ドーナツのにおいがする」

「パパが買ってきたんだ」

「ミルクを飲んでもいい？」

「もちろん。ただその前に、ママとパパから君に話がある」マックスは息をついた。「ママとパパは結婚することになった」

トリシャは目をぱちぱちさせている。「ドーナツ、二つ食べてもいい？」

マックスは笑った。子供というのはいつも大人を驚嘆させる。ほっとしたのは、さっき肩をたたいたとき、両親がなにをしているか、トリシャがまったく気づいていなかったことだ。

ケイトが立ちあがり、ドーナツの袋をつかんでキッチンへ向かった。「コーヒーをいれるわ」

マックスとトリシャもあとに続き、カウンターのスツールに並んで座った。

「あれこれ計画を立てなくちゃね」ケイトはコーヒーメーカーに水をそそいだ。

「盛大な結婚式にするかい？　それとも内輪の結婚式がいい？　盛大にするなら一年後、内輪にするなら今度の火曜日だ」

トリシャは袋を開け、中をさぐっている。

マックスは笑った。「トリシャはどっちでもいいみたいだな。大事なのはドーナツらしい」

ケイトはくるりと振り返って唖然《あぜん》とした。「トリシャ！　せめてナプキンを取って」

これこそマックスの望んできたもの、八年間、恋しく思ってきたものだった。平凡であることの驚くべき幸せ。この幸せを二度と当たり前だと思うことはないだろう。

ケイトがあわててナプキンでトリシャの口をふいた。「ときどき子供が三人いるんじゃないかと思うことがあるわ」

マックスは笑い、ケイトを膝の上に引き寄せた。

「本当にそうなったら楽しそうだ」

「てんやわんやになるわよ」ケイトは警告した。

マックスは彼女の唇に音をたててキスした。「その一瞬一瞬を楽しむよ」

二人はそれぞれの親に電話をするのはやめ、パイン・ウォードに帰ったときに直接話すことに決めた。マックスはケイトの父親と真っ向から向き合うつもりだった。そしてケイトは、マックスの家に帰り、あの家を子供たちのために改装するつもりだった。モンゴメリー帝国を継ぐのが子供一人というのはもったいないからだ。マックスは大賛成した。

朝食後、二人は将来について話し合った。そのかたわらでトリシャは人形のレイチェルと遊んだ。昼食がすむと三人でスクラブルゲームを楽しみ、夕食には中国料理の宅配を頼んだ。

そして、トリシャが寝ると、二人は手を取り合ってケイトの寝室へ行き、ドアを閉めて大人の時間を満喫した。

エピローグ

二年後、ケイト・ハンター・モンゴメリーは、プールで遊ぶ娘と夫を見ていた。せり出したおなかをさすり、早く陣痛が始まるよう祈りながら。出産予定日は二日前だったが、モンゴメリー流に従って、息子は遅れて生まれることに決めたらしい。自分の誕生がみんなの記憶に残るように。

ケイトはうんざりしてうめき声をあげそうになり、ふと気づいた。今、痛みを感じなかった？

再び痛みがきたが、すぐに引いたので、よくわからなかった。ただ陣痛が始まったのかと思うと、元気がわいた。

「そっちに行ってもいいかい、ビッグママ？」マックスが呼びかけた。九歳になったトリシャはプールから出てダイビングボードへ走っていく。

「これからもずっとビッグママって呼ぶわけじゃないわよね？」

「ああ、ただ、今の状態にはぴったりだから」

　ケイトの背後でフレンチドアが開いた。「マックスったら、またあなたをビッグママって呼んだ？」ジジがケイトの寝椅子の横に来てサンダルを脱いだ。

「ええ」

「どこかの国では、妊娠した妻をそんなふうに呼ぶ男は銃殺刑にするという法があるそうよ」

　マックスが大笑いして水にもぐり、トリシャは水しぶきを上げてプールに飛びこんだ。

　ジジがため息をついた。「あの子のああいう無神経さはだれに似たのかしらね」

　ケイトはおなかを撫《な》でた。「あら、楽しいですわ」

　ジジが視線を下ろした。「大丈夫？」

「わかりません。陣痛が始まったようなんです」

「本当？」

「明日の今ごろはつらい陣痛に苦しんでいるでしょうね」

　ジジはぽかんとした。「そんなに長くかかると思うの？」

「トリシャのときはそうでした」

「二度目のお産は一度目ほど長くはかからないって聞くわ。マックスに早く話しなさい」

「マックスに話すのなら、両親にも話さないと」そう、心配性の母と冷静沈着な父に。父はマックスを再び家族として迎え入れるのに慎重だったが、忍耐強く理解を求める彼についに折れたのだった。

　数分後、また痛みが襲ってきた。今度はケイトもうめき声をあげた。マックスがあっという間にそばに来た。「どうした？」

「陣痛みたい」

「よし」マックスはケイトを寝椅子から抱きあげた。

ジジが言った。「トリシャは私にまかせて二人で行きなさい。ご両親には電話しておくわ。そのあとマックスの服を持って病院へ行くから」

ケイトは感謝をこめて言った。「すばらしいプランですわ」

ケイトの両親は、娘が死にかけてでもいるかのように大あわてで病院に駆けつけた。そのあとジジとトリシャも到着した。ケイトは二時間、陣痛に苦しんだのち、ついにそのときを迎えた。看護師があわただしくケイトの位置を直したり、血圧をはかったり、医師の場所を確保したりした。

デニスが言いわけした。「今まで二人の赤ん坊の誕生を見たから、もう十分だ」そして、トリシャの肩に手を置いた。「この輝かしい瞬間を見るのはまだ早いんじゃないかね、トリシャ？」

トリシャは目を見開いてうなずくと、祖父のあとについて分娩《ぶんべん》室を出た。

ベヴが言った。「じゃあ、私は残るわ。怖がりさんとは違うもの」

ジジが笑った。「私もよ」

マックスも内心出ていきたかったが、それでもケイトのかたわらに座り、彼女の手を握った。トリシャの誕生の瞬間は見られなかったのだ。ハンフリーが生まれるところは見逃すまい。「この時間を使って子供の新しい名前を考えてもいいな」

ケイトは目をつぶって子宮の収縮に耐えた。「ハンフリーという名前が気に入らないの？」

「かばにつけるのならいいと思う。でも、赤ん坊にはどうかな」

医師が分娩室に入ってきて手袋をはめた。「では、見てみましょう」医師は掛け布の下に手を差し入れた。「おお、これは」

三分もたたないうちに赤ん坊が生まれた。ケイトの母と義母が予想したより時間もかからなければ、痛みも少なかった。赤ん坊はすばやく体をふかれ、ケイトの腕の中におさまった。

マックスは目に涙を浮かべて言った。「言葉もないよ」

ケイトはささやいた。「わかるわ。この子を見て。なんて愛らしいんでしょう」

「ハンサムだ」マックスは感動に震える声で言い直した。「きっと頭もいいに違いない」

ベヴがのぞきこんだ。「まあ、かわいらしい」

「しわくちゃでプルーンみたい」ジジが言った。「でも、とってもかわいいわ。私……」声がかすれ、目から涙があふれ出た。「失礼」ジジは洟《はな》をすすり、ティッシュボックスに手を伸ばした。「私はただ……」再び言いかけて、さっとベッドから離れた。

マックスは母親を目で追った。母はしばらく部屋の隅で静かにすすり泣いていたが、やがて落ち着くとまたベッドわきに戻り、赤ん坊をほめそやした。

ベッドの足元で医師が尋ねた。「それで、赤ちゃんのお名前は？」

ケイトはマックスにちらりと目をやり、それからジジを見あげた。「マックスさえよければ、お義母《かあ》様に命名権を差しあげたいんですけど」

ジジが一歩下がり、胸に手を当てた。「こんなにうれしいことはないわ」そして再び涙にくれた。

ベヴが笑った。「たかが子供の誕生にあなたがそんなにめそめそするなんて、だれが想像したかしら」

確かに想像もつかなかった。だが、子供の誕生に母が心を揺さぶられるのは当然といえば当然だと、マックスは思った。母はチャンスを産みこそしなかったが、抱き締め、添い寝し、傷にキスし、宿題を見てやった。今、自分の息子を見ながら、なにがなんでも弟を連れ戻そうと、彼は心に誓った。

ジジが洟をすった。「昔からクレイトンという名前が好きだったの」

　ケイトはにっこりし、もぞもぞしている赤ん坊を見おろした。私の喜びの源。「クレイトン」

「クレイと呼びましょう」ジジが提案した。

「クレイ」ベヴがジジにほほえみかけた。「気に入ったわ」

　マックスはほっとして笑った。「僕も」

　ケイトもほほえんだ。「私も」

　すばらしいひとときだった。家族は以前とは大きく変わった。親密になり、一緒にいて心地よく、互いに支え合っている。また酒に手を出す心配はない。

　マックスは身をかがめてケイトにキスをした。

「愛しているよ」

「私も」ケイトがささやき返す。

「君は少し休んだほうがいい」

「一週間、ぶっ通しで寝られそうなくらいよ」

　看護師が笑った。「残念ながらせいぜい一時間でしょうね。赤ちゃんが母乳を欲しがるから」

　マックスはもう一度ケイトの額にキスをした。

「それじゃ、ゆっくり休んで。僕は待合室に行って、いても立ってもいられないお義父《とう》さんを安心させてくるよ」

　ケイトは笑ったが、すでにうとうとしかけていた。

　マックスはドアから出て待合室に向かった。驚くほどの安らぎに心が満たされるのを感じながら。

　これまでの人生には苦難もあった。この先にさらなる苦難が待ち受けているのは間違いない。とりわけ、チャンスを家に連れ戻すのはひと筋縄ではいかないだろう。もちろん、たとえどんなに困難でも、弟は必ず連れ戻してみせる。

　しかし、今この瞬間、マックスは世界一幸せな男だった。

ハーレクイン®

ハーレクイン・イマージュ　2013年1月刊（I-2259）
『あの千切れた愛を』を改題したものです。

秘密の愛し子と永遠の約束

2024年6月5日発行

著　　者　スーザン・メイアー
訳　　者　飛川あゆみ（とびかわ　あゆみ）

発 行 人　鈴木幸辰
発 行 所　株式会社ハーパーコリンズ・ジャパン
東京都千代田区大手町1-5-1
電話 04-2951-2000（注文）
0570-008091（読者サｰビス係）

印刷・製本　大日本印刷株式会社
東京都新宿区市谷加賀町1-1-1

表紙写真　© Olga Polyakova | Dreamstime.com

ISBN978-4-596-77664-8 C0297

ハーレクイン・シリーズ 6月5日刊 発売中

ハーレクイン・ロマンス

愛の激しさを知る

秘書が薬指についた嘘	マヤ・ブレイク／雪美月志音 訳	R-3877
名もなきシンデレラの秘密 《純潔のシンデレラ》	ケイトリン・クルーズ／児玉みずうみ 訳	R-3878
伯爵家の秘密 《伝説の名作選》	ミシェル・リード／有沢瞳子 訳	R-3879
身代わり花嫁のため息 《伝説の名作選》	メイシー・イエーツ／小河紅美 訳	R-3880

ハーレクイン・イマージュ

ピュアな思いに満たされる

捨てられた妻は記憶を失い	クリスティン・リマー／川合りりこ 訳	I-2805
秘密の愛し子と永遠の約束 《至福の名作選》	スーザン・メイアー／飛川あゆみ 訳	I-2806

ハーレクイン・マスターピース

世界に愛された作家たち
～永久不滅の銘作コレクション～

純愛の城 《特選ペニー・ジョーダン》	ペニー・ジョーダン／霜月　桂 訳	MP-95

ハーレクイン・ヒストリカル・スペシャル

華やかなりし時代へ誘う

悪役公爵より愛をこめて	クリスティン・メリル／富永佐知子 訳	PHS-328
愛を守る者	スザーン・バークレー／平江まゆみ 訳	PHS-329

ハーレクイン・プレゼンツ作家シリーズ別冊

魅惑のテーマが光る
極上セレクション

あなたが気づくまで	アマンダ・ブラウニング／霜月　桂 訳	PB-386

※予告なく発売日・刊行タイトルが変更になる場合がございます。ご了承ください。

6月14日発売　ハーレクイン・シリーズ 6月20日刊

ハーレクイン・ロマンス　愛の激しさを知る

乙女が宿した日陰の天使	マヤ・ブレイク／松島なお子 訳	R-3881
愛されぬ妹の生涯一度の愛 《純潔のシンデレラ》	タラ・パミー／上田なつき 訳	R-3882
置き去りにされた花嫁 《伝説の名作選》	サラ・モーガン／朝戸まり 訳	R-3883
嵐のように 《伝説の名作選》	キャロル・モーティマー／中原もえ 訳	R-3884

ハーレクイン・イマージュ　ピュアな思いに満たされる

ロイヤル・ベビーは突然に	ケイト・ハーディ／加納亜依 訳	I-2807
ストーリー・プリンセス 《至福の名作選》	レベッカ・ウインターズ／鴨井なぎ 訳	I-2808

ハーレクイン・マスターピース　世界に愛された作家たち ～永久不滅の銘作コレクション～

不機嫌な教授 《ベティ・ニールズ・コレクション》	ベティ・ニールズ／神鳥奈穂子 訳	MP-96

ハーレクイン・プレゼンツ作家シリーズ別冊　魅惑のテーマが光る 極上セレクション

三人のメリークリスマス	エマ・ダーシー／吉田洋子 訳	PB-387

ハーレクイン・スペシャル・アンソロジー　小さな愛のドラマを花束にして…

日陰の花が恋をして 《スター作家傑作選》	シャロン・サラ 他／谷原めぐみ 他 訳	HPA-59

文庫サイズ作品のご案内

◆ハーレクイン文庫・・・・・・・・・・・・毎月1日刊行
◆ハーレクインSP文庫・・・・・・・・・・・毎月15日刊行
◆mirabooks・・・・・・・・・・・・・・・・毎月15日刊行

※文庫コーナーでお求めください。